穂束栞《ほづかしおり》は夜を視る

嗣人
TUGUHITO

産業編集センター

穂束栞は夜を視る

目次

序

地方都市の川岸に大勢の人間が集まっていた。

集結しているのは人ばかりではない。大規模な機材とテントは日本、中国、フランスの三ヵ国が合同発掘調査のために持ち込んだものだった。

巨大な川の中程には潜水調査の船が浮かんでいる。

「壊河《わいが》と呼ばれるほど治水の難しかった川に外国人が潜りに来るなんて、古代の人は考えもしなかったでしょうね」

隣でダイバースーツを着込むフランスの地質学者の言葉に、日本からやってきた考古学者が頷く。

「おまけに研究者が自らこうして潜るっていうんですから。物好きもいいとこだ」

通常、水中に潜って撮影をするのはプロのダイバーの仕事だ。しかし、カメラ越しに見るのと、実際に自分の目で確かめることは違う。

二人の会話を聞いていた中国の研究者も笑う。

「そもそも物好きでなければ、学者なんて生き方はまず選びませんよ。さっき現地の婆さんに発掘に来た、と言ったら杖で叩かれましたからね。恐れ知らずめって」

「はは、違いない」

そうした研究者の中でもダイバーの資格を取得までしている自分たちは生粋の変わり者だろう、と男は思った。家族の反対を押し切りやってきた合同発掘調査だ。最初に遺跡をこの目で確かめてみせる、という強い思いがあった。

『楽しいお喋りはそこまでだ。――三人とも準備が終わり次第、目標地点へダイブしてくれ。こっちは水中の映像を今か今かと待ち侘びているんだ。これ以上、お預けをくらうつもりはないぞ。そろそろ祝杯をあげたい』

耳につけたインカムから笑い声が聞こえてくる。発掘の総指揮を執っている彼からすれば、この四ヶ所目のダイブに賭けたいところだろう。

「了解。急いで支度します。――そろそろ行こう、フランスと中国の友よ。今度こそ伝説を見つけてみせようじゃないか」

二人が頷き最終点検へ入る。やがて装備を調え終えると一人ずつ川へ潜っていった。

水中は流れがあるので濁ってはいないが、透明度はそれほど高くない。水深は深く、奥へ向かうにつれて暗くなっていた。

深淵を覗き込んだ瞬間、言いようのない不安を男は感じた。全身の毛がスーツの中で逆立っているのが分かる。

生唾を飲み込む。――この奥底に沈む何かから、見られているような錯覚を覚えた。

二人に指示を出し、底の方へと潜っていく。やがて陽の光はほとんど届かなくなり、ヘッドライトを点けると、丸い光が闇を切り取るように水中を照らした。

『少し流されつつある。もう少し左側へ進んでくれ』

ライトの横に取り付けられたカメラで水中の様子を観察している本部の指示に従う。

口に咥えたレギュレーションから大量の泡が水上へと浮かんでいく中、男は水底から感じる視線の大元を探し続けた。

そうして、ようやく川の底を目に捉えた時、三人は水中に沈む巨大な岩塊を見つけた。目測で十数メートルはあるだろうか。その重さは計り知れない。

『もっと近くに寄ってくれ。よく見えない』

期待に声がうわずっている。

ゆっくりと岩塊へ近づいて行くと、それは膝を抱えて蹲《うずくま》る巨大な像のようだった。明らかに自然物ではない。

男が興奮しながらその表面を観察していると、水草で覆われた岩の表面に質感の異なるものを見つけた。それは岩全体を縛りつけるように巻かれている。表面をそっと指で撫でると、堆積物の下から銀色の鈍い輝きが現れた。

『信じられん。伝説の記述通りだ』

興奮しているのは男も同じだ。

見れば、他の二人の研究者たちも目の前の光景が信じられないというリアクションをしている。世紀の大発見になるかもしれない。

『しかし、なぜ、水中にあった金属が変色していない？』

耳に聞こえる声のことなど、男はもうどうでも良かった。長年、求め続けてきたものが目の前にあるという現実に興奮した。

形状からして、こちらは背面側の筈だ。正面から観察すれば、また違う手がかりが見つかるかもしれない。伝説の通りならば、その首には鎖と鐘がつけられている筈だ。

男が像の頭上を越えて、反対側へと回る。

巨大な像の顔があった。堆積物で細部は分からないが、大まかなシルエットだけでも顔だと認識できる。

男の頭に様々な仮説が渦を巻いた。伝説を模して、いつかの時代の王がここへ岩の巨像を沈めたのだろうか。そうだとすれば荒れ狂う川を鎮めるための儀式だろうか。

不意に、ごぼり、と鈍い音が響いた。男が横を見ると、共に潜った研究者の一人が苦しげに身体をくの字に折り曲げて、口から夥しい血を溢れさせている。

インカムで誰かが叫んでいた。

呆然としながら隣を見ると、もう一人が狂ったように顔を掻き毟り、同じように血を吐いて暴れ狂っていた。

目の前で何が起きているのか、全く理解できない。

見るべきではない。そう頭では思いながら、しかし男はどうしようもなく顔を上げた。

壊河の異名を持つ大河の底に沈む巨像。その両眼が開いて、男のことを見ていた。

紅玉を思わせる、深紅の眼差しに男の魂は一瞬で塗り潰される。


水中で藻掻いた男が最後に見たのは、遥か彼方で揺らぐ水上の光だった。

第一章　銀虎

一

車の助手席で毛布に包まって、穂束栞《ほづかしおり》は背後へと流れていく夜景を微睡みながら眺めていた。眼下には自分が生まれ育った町の灯りが雨に濡れて見える。

いつの間にか降り始めた雨は、時間が経つと共に勢いを増しているようだった。

車は雨雲を連れるようにして、町から遠ざかっていく。

何処へ行くのだろう、と漠然とした疑問が浮かんだところで、瞼が重たくのしかかってきた。

温かさと規則的な振動に、幼い意識が溶けていく。

「栞」

隣でハンドルを握る祖父、穂束千畝《ちうね》の声は、いつになく強張っていた。

母が亡くなってから唯一の拠り所であった祖父。いつも優しく、声を荒らげたことのない祖父の様子が今夜は少しおかしい。

「うん。起きてる」

眼を擦りながら、座席に座り直す。本当はこのまま寝てしまいたかった。

くあ、と欠伸を噛み殺しながら祖父の横顔を眺める。

「幾つになった？」

「四年生だから、もうすぐ十歳になるよ」

ここのところ祖父は取材のために家を離れることが多かった。執筆の合間に取材に出かけるのは珍しいことではなかったが、今回は少し頻度が高い。

「そうか。もうそんな歳になったのか」

そう言われても栞自身はぴんとこない。ただでさえクラスの男子の中で一番背が低く、馬鹿にされることが多いのだ。

「ついこの間まで赤ん坊だったのになあ」

そう言って祖父が薄く微笑む。その袖から覗いた腕には包帯が巻かれていた。所々が赤黒く染まっているのを見て、栞は息を呑んだ。

「お爺ちゃん。怪我してる」

「ん？　ああ、こんなのは大したことじゃない。お前は気にしなくていい」

「病院で診て貰おう」

「いいや、今は一刻を争う」

物々しい祖父の言い方に、栞は言いようのない悪寒を感じた。何か悪いことが起きる予兆のような気がしてならない。

「ねぇ、お爺ちゃん。何処に行くの？　夕ご飯を外で食べるだけじゃないの？」

「お前は気にしなくていい」

「気になるよ」

教えて、と声をあげると、祖父は話すべきか逡巡しているようだったが、やがて諦めたように小さく溜息を溢した。

「伯父さんのところへ行く」

一瞬、祖父が何の話をしているのか分からなかった。

「伯父さん？」

「お前のお母さんの兄さんだな。一応、アレがうちの長男ということになるが、頑なに家に寄りつこうとせんからな。お前も今まで一度も会ったことはない筈だ」

母に兄姉がいるというのは栞も聞いたことがある。しかし、話を聞こうとすると母の表情が曇るので名前さえ知らずにきた。

「すまんな、腹が減っただろう。安心しなさい。町まで降りれば色んな店がある。栞は何が食べたい？　なんでも好きなものを言いなさい」

いつも訊ねたことには真剣に耳を傾けてくれていた祖父が、話を誤魔化そうとしている。

「お爺ちゃん。どうして伯父さんの家へ行くの？」

栞がそう口にした瞬間、祖父がクラクションを鳴らした。反射的に前を向くと、暗闇を白く切り取った光の中に、黒く大きな二本足の何かが立っているのが見えた。

ぶつかる、と思ったのと衝突したのは殆ど同時だった。激しい衝撃に前のめりになり、シートベルトが身体に食い込む。車のタイヤが弾力のある何かを轢き潰す感触がした。

祖父は車を停めると、言葉を失っている栞の頭をそっと撫でる。

「心配するな。人間じゃない」

「でも、立ってたよ」

祖父は答えず、車を急発進させた。栞がサイドミラーを覗き込むと、後方で轢かれて横たわっていた筈の何かが、のっそりと立ち上がるのが見えた。闇の中に大きな眼が二つ、浮かぶように輝いている。——そして俄に手を道路につけたかと思うと、猛然とこちらを追いかけ始めた。

ぞわぞわ、と背筋が総毛立つ。

車はスピードを上げて人気《ひとけ》のない峠道を滑るように走行していく。

栞は恐ろしくて毛布を被りなおした。隣で祖父が何かを話していたが、気が動転して言葉の意味が理解できない。恐ろしさにポロポロと涙がこぼれる。

「栞」

背中を叩かれたようにハッと顔を上げた。横を見ると、ハンドルを握った祖父が真っ直ぐに前を向いたまま微笑む。

「後のことは全て弟子に任せてあるから心配はいらん。少々、癖のある奴だが、アレならばお前の体質も含めて受け止められる筈だ。お前の元にやってくるのに、どれだけ時間がかかるか分からんから、それまでは苦労をさせるだろう。それから髪は切るなよ？　髪には神性が宿る。整えても結んでもいいが、肩より短く切らないように」

「お爺ちゃん。いったいなんの話をしてるの？」

「勉学に励み、友人を大事にしなさい。何事も我慢が肝要だが、他人に自分の責任を預けてしまわないよう。人生の舵取りは自分ですることを忘れぬように」

酷く嫌な予感がした。普段、こんなことは全然言わないのに、矢継ぎ早に伝えようとしているのが怖い。

「やめてよ。聞きたくない」

涙が止まらない。坂道を石が転がるように、もう避けようのない未来が差し迫っている気がして恐ろしかった。

「何も心配することなどない。栞、お前は心優しい子に成長してくれた。それだけで爺ちゃんは充分だ」

車の上に何かが跳び乗る音がして、衝撃で車体が激しく左右に揺れる。金属音と共に真上に穴が開き、鋭い爪が不快な音を立てた。吹き込んできた冷たい風が渦を巻く。

頭上で甲高い叫び声がした。心の底からゾッとするような絶叫に身体が竦む。

次の瞬間、車が何かにぶつかり、身体が浮かび上がる。栞は必死に祖父の名を呼んだ。

——上下が反転したかと思うと、意識がぷつりと途絶えた。


横転した車の座席で、栞は呆然としながら瞼を開ける。

全身が小刻みに震えていた。

冷たい雨が何処からか吹き込んで、身体の熱を奪い取っていく。

罅割れて砕け散ったフロントガラス。その向こうに倒れ伏している祖父の姿をヘッドライトの白い光が照らしていた。身体のあちこちがどす黒い赤色に染まり、濡れた黒い道路に血溜まりが広がっていくのが見える。

声をあげようとした瞬間、視界の半分が赤く染まる。違和感に気づいて頭に触れると、べっとりと血がついていた。不思議となんの痛みも感じない。ただ全身が寒かった。

シートベルトを外して祖父の元へ行こうとするが、指に力が入らない。

ふ、と祖父の傍らに何かが立っていた。

目を凝らそうとしたが、身体が言うことを聞かない。

やがて目の前が赤く染まり、意識が遠のいていった。

◇

栞が目を覚ますと、まず違和感があった。上下の睫が貼りついたようにくっついてしまっている。何度か瞬きをして、ようやく瞼を開くと、全く覚えのない天井が見えた。

口には空気の出るマスクがついていて、胸元や腕から管やケーブルが伸びている。恐ろしさに泣きそうになったが、倒れていた祖父のことを思い出した。

辺りを必死に見渡すが、白い部屋の何処にも人気《ひとけ》はない。

声を出そうとしたが、喉が乾燥していて声が出てこなかった。

ここが病院だということはなんとなく分かった。祖父が以前、検査のために入院していた市民病院の病室によく似ている。

不意に、視線がベッドの手すりに結びつけられている不思議なものを捉えた。赤い組紐に金色の鈴が結んである。片側の結び目は花の形に組まれていた。

そっと指で触れると、ちりーん、と小さな鈴からは信じられないような大きな音が鳴った。澄んだ透明な音が周囲に波のように広がっていくようだった。

栞が驚いていると、足音が近づいてきて入り口のシャトルドアが開いた。

医者がやってくる、と栞は思っていたが、入ってきたのは白衣など着そうにもないスーツ姿の二人組の若い男たちだった。

一人はすらりとした背の高い男で、細身のスリーピーススーツを着こなしている。濃いブラウンのベストの下には黒いシャツを着ていて、ネクタイはつけていない。ただ髪型が少し奇抜で、色の抜けた髪を右側面だけ肩の辺りまで伸ばして、綺麗に編み込んでいる。

もう一人は、とにかく大きい。肩幅はさきほどの男よりも少し広い程度だが、頭二つ分は背が高かった。こちらは黒いスーツにネクタイはつけず、白いシャツはボタンが留まらないのか、首元が開いている。獅子の鬣《たてがみ》のような頭をしていた。

「良かった。目が覚めたようだね。ああ、身体は起こさなくていい。そのまま横になっていて」

細身の男の方がそう言って、椅子に腰を下ろす。もう一人は窓の方へ歩いていって、カーテンを開けて外の景色を眺めている。

「心配していたんだよ。十日間も意識不明のままで、あちらへ半分ほど足を突っ込んでいたからね。どうにか間に合った。急いで帰国してきただけの甲斐はあったよ」

男の眼はよく見ると、深い湖の底のような色をしていた。初めて見る瞳の筈なのに、なぜか懐かしさを覚える。

男は穏やかに栞の顔を見ながら、どこか懐かしそうに微笑む。

「本当に千香《ちか》さんによく似てきたね。目元がそっくりだ」

突然、亡くなった母の名前が出てきて栞は驚いた。以前、何処かで会ったことがあるのかもしれないが、全く思い出せない。

「やっぱり覚えてないか。無理もない。まだ君は随分と小さかったからね。——私の名前はシロガネという。そっちの大男はキュウキだ」

二人とも変な名前、と思っていると男が取り出した小さなメモ帳に『白銀』『窮奇』という文字を書いて見せた。

「一応、言っておくけど私の方は本名ではないよ。失くしてしまったからね。師匠、つまりは君のお爺さんにつけられた綽名《あだな》を使っている。――私は君のお爺さんの弟子だ」

その一言に、まだどこかぼんやりとしていた栞の頭が覚醒した。冷水を頭から被ったように意識がはっきりとしていく。

「あの」

ゲホゲホと咳をしてから、唾を呑み込む。

「お爺ちゃんは無事なんですか？　酷い怪我をしていたんです。お願いします。お爺ちゃんに会わせてください」

栞の言葉に男は表情を曇らせて、静かに首を横に振った。

「残念だけど、師匠は亡くなってしまったよ」

「え？」

「既に葬儀も終わり、火葬も済んでしまった。喪主は君の伯父さんが務めたよ」

その一言に全身の血の気が引いていったかと思うと、心が水を吸ったぶ厚い真綿のような何かに包まれていった。

お母さんの時と一緒だ、と栞は痺れたような心で思った。

「……なかなか受け止められないだろうね。私は師匠から君のことを託された。孫が一人前になるまで守って欲しい、と」

祖父との会話を思い出す。確かに、そんなことを言っていたような気がする。

「私なら、君の持つ体質についても力になれる筈だ。こう見えて、そうしたものの専門家だからね」

体質という言葉に栞は顔を上げる。祖父が自分の体質を他人に話すとは思えない。知っていたのは祖父と亡くなった祖母と母だけ。つまり今は誰も知っている人間はいない筈なのに。

「退院するまで、まだ少し時間がかかるだろう。伯父さんは君が目を覚ますのを心待ちにしていたようだから、そちらとも話すといい。……十歳にもならない子どもに酷なことを言うようだけれど、今後の生き方は君が自分で決めるんだ」

白銀と名乗った男はベッドの手すりに結びつけられた組紐を外すと、栞の手首に優しく結んだ。

「肌身離さず持っておくといい。君の守りとなる筈だ。——窮奇。行こう」

立ち上がり、病室を出て行く二人の背中を見送る。

出ていく寸前、窮奇と呼ばれた大男がこちらを僅かに振り返った。琥珀色の瞳と眼が合った瞬間、背中がぶるりと震えた。

静かに閉まったドアを暫《しばら》く眺めてから、栞はゆっくりと溜息をついた。

祖父が死んだ、という事実がどうしても呑み込めない。ただ、なんとなく天涯孤独になってしまったのだということは理解できた。

それから暫くすると看護師がやってきた。若い女性の看護師は上機嫌そうに鼻歌を歌っていたが、栞と目が合うと短い悲鳴をあげた。

「こんにちは」

看護師は驚いた様子で何度か頷くと、病室を飛び出していってしまった。

今度は医師と共に看護師が数人やってきて、あれこれと質問をしてくる。

栞はそれらに淡々と答えながら、あの妖しげな二人組が残していった、右手首の組紐を眺めた。

◇

目覚めた翌日から数日かけてようやく検査が終わり、身体のあちこちに繋がれていた管やケーブルが外された。とりあえず自由に動けるようになったが、とても歩き回るような気持ちにはなれなかった。

十日間も寝ていたせいか、まだ身体が酷く重い。

医師の話によれば来週には退院できるという。祖父の死についても説明を受けたが、腫れ物に触るように、直截な言い方を避けている印象だった。しかし、それら全てが栞にとっては酷く現実感がなく、どこか他人事のようだった。

がたん、と入り口のほうで物音がした。

また誰かがやってきたのだろうか。そう思って栞がそちらへ目をやると、シャトルドアの明かり窓の向こうに黒い人影が見えた。

「はい」

返事をしたが、入ってくる様子はない。

どうぞ、と反射的に言おうとして、幼い頃から祖父に何度も言われていた言葉が脳裏に蘇った。

『あれらを招くような真似はしないことだ。招かれなければ人の領域へ簡単に入ることはできん』

祖父も母も同じ体質を持っていたが、他の兄姉には遺伝しなかったと言っていたのを思い出す。

栞も同じ。――生まれつき人ならざるモノが視えるのだ。

「……誰ですか」

じっと視ていると、次第に焦点が合うように明かり窓の向こうに立つ何かの頭が浮かび上がってきた。頭と額には包帯を巻いている。同い年くらいの子どものようだった。

コンコン、と小さな拳がノックする。

シャトルドアには鍵がかかっていない。引けば簡単に開いてしまう。それなのにドアを開けようとする様子はない。ただ、しつこくノックを繰り返すばかりだ。

開けろ、と催促するようにドアを叩く音が続く。

背筋が粟立つような恐怖に、思わず布団を頭から被った。

物心ついた頃から、こうしたモノは視えた。しかし、こんなにハッキリと視えたことはない。いつも薄ぼんやりとした影のような形をしていて、時折、輪郭のようなものが垣間見られるような、そういう酷く曖昧なモノだった。

ノックは今や、拳を叩きつけるほど激しくなっていた。半狂乱になった何かがドアを必死に叩いている姿を想像すると鳥肌が立つ。

栞はたまらず、手首に結びつけてある組紐へ縋りついた。りーん、とまた音が鳴る。透明な鈴の音が波のように病室の中へ広がったかと思うと、病室の外でバチンと電撃が走るような音がした。

ギャッと短い悲鳴が聞こえたかと思うと、ノックが止まった。そうしてパタパタとスリッパを履いた軽い足音が遠ざかっていく。

布団からそっと顔を出して入り口へ眼をやると、明かり窓の向こうにはもう何もいなかった。

ホッと胸を撫で下ろした途端、ノックもなしに入り口のドアが急に開いたかと思うと、見知らぬ中年の男女が病室へ入ってきた。

「なんだ、本当に目が覚めたのか」

忌々しそうに言ってから、男性が隣に立つ女性に何事か囁くと、女性は面倒臭そうに病室から出て行ってしまった。

「あの……」

「お前の母親の兄だと言えば分かるか？」

「……伯父さん、ですか」

そうだ、と答えた男はしげしげと栞の顔を覗き込むと、不機嫌そうに顔をしかめた。

「なるほど。よく似ているな。親父が可愛がる筈だ。言っておくが、もう葬式も火葬も済ませたぞ。あとは親父の遺産の相続に関する問題だが、これについてはお前に一筆書いて貰う必要がある。今日はそのために来たんだ」

「遺産？」

「そうだ。大人に任せておけばいい。兄妹間で話し合いはもう済ませてある」

伯父はそう言いながら、一枚の紙を取り出して栞の前に広げた。そこには漢字で難しい言葉が並び、最後の部分に印鑑が既に押してある。それは祖父が普段から使っていたものだ。

「ここに名前を書くんだ」

「なんて書いてあるんですか？」

「……お前のためになることが書いてある。さぁ、早くしなさい。身体を起こせ」

上着の胸ポケットからボールペンを取り出すと、栞の手に強引に握らせようとしてくる。

血走った目が恐ろしくなり、栞はペンを放り捨てた。

カッと伯父の顔が真っ赤に染まったかと思うと、栞の左頬で痛みが弾けた。平手でぶたれたのだと気づくのに少し時間がかかった。今まで同級生に暴力を振るわれた経験はあったが、大人からのそれは比較にならない程痛い。

恐怖よりも驚きの方が勝っている。

「親子揃って生意気なことばかり。さっさと書けと言っているだろう！」

伯父が再び手を振り上げた瞬間、栞は咄嗟に目を瞑った。

しかし、いつまで経っても衝撃はやってこない。恐る恐る眼をやると、伯父が呆然とした様子で自分の手を背後から握る大男を見上げていた。

先日病室にやってきた二人組の大男の方が、巨大な手で伯父の拳をすっぽりと握り込んでしまっている。

「な、なんだ、お前は！　何を勝手に」

伯父が唾を飛ばしながら叫んだ途端、みしり、と骨の軋む音がした。

右手を握り潰されながら、吊り上げられた伯父の足が床から離れる。

苦しげに悲鳴をあげる伯父は涙目になりながら、必死にその手から逃れようとするが、爪先がつかないのでどうしようもない。

栞は目の前の出来事に呆気に取られていたが、伯父の悲鳴に思わず声をあげる。

「やめて！」

その瞬間、パッと男の手が開いて、伯父が床に尻餅をついた。右手を抱えて歯を食いしばっている様子は、見るからに痛々しい。

「分からんな」

栞を見下ろすように立つ男の低い声が腹の底に響く。

「自分に危害を加えた人間をどうして庇う必要がある。——小僧」

鋭い視線を向けられて、思わず涙が出そうになったが懸命に堪えた。泣いてしまえば失望される。そういう確信めいたものがあった。

大男は紙を取り上げると、その内容にざっと目を通してから、口の端を歪めて笑う。

「身寄りのない孫のために残された遺産を、全て取り上げるつもりか。犬畜生にも劣るな」

紙を破いて蹲ったままの伯父の元へ放り捨てる。

「あんな遺言書を鵜呑みにできるか」

入り口のシャトルドアが開いて、ふらふらと入ってきたのは伯父と一緒にやってきた妻らしき女性だった。天井を見上げたまま、虚ろな表情でぼんやりとしている。

「やれやれ。想像していたよりもずっと酷い親戚のようだ。まさか子ども相手に暴力を振るうとは。下で待っていてよかった」

女性の後ろからやってきたのは、あの白銀という男だった。

「師匠はいつもあなた方のことを心配していたんですがね？」

「お前、親父の弟子か」

「ええ。お会いするのは初めてですよね、千佳男《ちかお》さん」

「……こんなことをしてただで済むと思うなよ。さっきのは暴力だ。傷害罪だぞ！」

「甥っ子さんに暴力を振るっておきながら、自分に向けられた途端に喚き立てるのはどうかと思いますよ」

「銀《ぎん》。もういい、面倒だ。そこの窓から投げ捨ててやる」

「待った、待った。そんなことをすれば大騒ぎになるぞ。それに彼にはして貰うことがあるんだ」

白銀はそう言ってから、蹲ったままの伯父の近くへ屈む。そうして、じっと伯父の顔を覗き込んだ。

「――私の眼を見ろ」

白銀がそう口にした瞬間、伯父の動きが止まった。蛇に睨まれた蛙のように硬直して微動だにしない。表情だけが酷く不安げだったが、すぐにそれも消えて、とろんとした顔になる。

「心配せずとも、奥さんにしたのと同じことをしているだけさ。今後のこともあるのでね、こちらは穏便に済ませたいんだ。――分かるだろう？」

こくん、と伯父が小さく頷く。目の焦点が全く合っていない。まるで夢でも見ているようだった。

「誓え。あなたが栞君の後見人になるんだ」

「……分かった」

「遺言書について知っていることは？」

「……不動産は全て栞に相続させると。動産は兄妹で三分の一ずつ。千香が相続するはずだった分を栞にとあった」

「正直で宜しい。ちなみに遺言書は何処に？」

「……捨てた」

「なるほど。なら、君が責任を持って妹に相続を放棄するように説得しなさい。穂束千畝の遺産は全て、栞のものだ」

伯父は、とろん、とした表情のままこっくりと頷く。

「……分かった」

「よし。今日はもう帰りなさい」

白銀が後方を指差すと、二人は頷き合ってふらふらとした足取りで病室を後にした。

「……ずっとあのままなの？」

栞の問いかけに白銀は驚いたような顔をして、それから可笑しそうに笑う。

「お人好しな所は千香さんに似たのかな。開口一番、あんな伯父さんのことを心配するのかい？　彼は君のことを殴ったんだぞ」

そう言われてみればその通りかもしれない。けれど、殴られたことよりも初めて会えた伯父たちに敵意を向けられたことの方がずっと辛かった。

そんな栞の思いを感じ取ったのか、白銀は心配はいらない、と肩を竦める。

「ただの暗示だ。君のことを蔑まないようにするには必要な措置だよ。そんなに長く保つものではないんだけどね」

優しかった祖父とは似ても似つかなかった。母とも全然似ていなかったし、本当に血が繋がっているのだろうか。

「本当は口を挟むつもりはなかったんだがね。まさか相続放棄をさせるために暴力で解決を図るとは思わなかった」

「お爺ちゃん……本当に死んじゃったんですね」

「……大丈夫。師匠が望んだように君の日常は基本的には今までと何も変わらない。学校へ行き、これまでの生活を繰り返す。まぁ、多少は今までよりも刺激的なものになるだろうけどね」

刺激的という言葉に栞は首を傾げる。今までの生活は刺激とは無縁だった。特別仲の良い友人もおらず、家と学校を往復するだけの毎日だ。

「私が言いたいのは、今までのような生活ではない部分もあるということさ。師匠が亡くなったことで、それは決定的なものになった」

白銀はそう言うと、組紐をつけた栞の右手へと眼をやった。

「変なモノが視えなかったかい？」

病室へ入って来ようとした、あの不気味なモノを思い出す。

「師匠が生きていた頃は、ああいうモノはもっと曖昧に見えただろう？　それはあちらからしても同じでね、君のことは捉えきれなかった筈だ。だが、術をかけていた師匠は亡くなり、君への加護も消えてしまった」

「……白銀さんは、お爺ちゃんの弟子なんですか」

「ああ、そうだよ」

祖父は小説家だった。ホラー小説の大家とも呼ばれ、作品がドラマや映画になることも珍しくなかった。とはいえ、栞は恐ろしくてどれもまともに読んだことはないし、ドラマを視聴したこともない。

「小説家の方ではないよ。師匠はね、ああ見えて高名な霊能力者だったんだ。師匠自身はあくまで副業というか、困っている人の話を聞くと断り切れずに助けに行くような人だったから、それを自称したことはあまりないけどね」

「……お爺ちゃんが、霊能力者……」

オカルトというか、そういうものに対する知識がやけに多かったのは知っていたが、作品で使うものなのだとばかり思っていた。

「それも君が生まれてからは、殆ど辞めてしまったけどね」

栞の記憶にある祖父は、たまに思い出したように取材へ出かけたりもするが、基本的には書斎で原稿用紙を相手に静かに執筆をしている姿ばかりだ。白銀から聞く祖父はこれまで栞が見てきた祖父とあまりにも違う。

「お兄さんたちもそうなんですか？」

「私は道士だよ」

「どーし？」

「まぁ、専門家だね」

にっこりと微笑んで、正面から栞の顔を見つめる。

「栞。君さえよければ、あの家で君のことを守らせて欲しい」

その言葉に栞は引っかかりのようなものをずっと感じていた。肝心な部分に触れていないような気がする。

「あの、一つ聞いてもいいですか？」

「どうぞ。何でも」

「向こうからぼくが視えたらダメなんですか？」

「……そうだね。こんな言い方をされてもピンとこないとは思うのだけれど。栞、君は希有な体質の持ち主なんだ」

「けう？」

珍しいという意味だよ、と白銀は笑う。

「死者や人ならざるモノたちにとって、君のような存在はとても眩しい」

「眩しい……」

「そう。暗闇の中で美しく光輝いているから、どうしようもなく手を伸ばしたくなるし手に入れたくなる。――自分たちの領域へと引き摺り込みたくなるんだ。私はそれらから君を守りたい」

引き摺り込む、という言い方に栞の背中が震える。一度捕まってしまえば逃れることができないのだ、と暗に言われているような気がした。

そういうものから祖父にずっと守られてきたのだと思うと、胸の奥が熱くなるのを感じた。同時にそれを永遠に喪ったのだという実感が、深い影を落とす。

「栞？」

「はい」

「答えを聞いてもいいかな。勿論、無理強いはしない。君があの家で一人暮らしていきたいというのなら、そうできるように全力を尽くそう。私たちは君の意思を尊重する」

穏やかで力強い白銀の物言いは、どことなく死んだ母のことを栞に思い出させた。

二

秋名《あきな》市は小さな地方都市で、市の中心部には小ぶりな城がある。規模こそ小さいが、堀もあり江戸時代から焼失することなく現存しているため、テレビ局の番組で取り上げられることもあった。

そんな秋名城と城下町を一望できる小高い丘の上に穂束家の屋敷は建っている。丘というと聞こえはいいが、急勾配の坂道の上にぽつんと取り残されたような立地にあった。

そういう土地に物心付いた頃から暮らしているので、自宅へ延々と続く坂道を登っていくのも栞にとっては日常茶飯事だ。

「病み上がりなんだから、タクシーを家の前につけて貰えばよかったのに」

白銀はそう言うけれど、車一台がやっと通れるような細い坂を進んでもらうなんて、簡単には頼めない。以前、それで母が運転手と揉めたことがあったので、家の前の坂でタクシーを降りるのが栞の中での決まりになっていた。

「大丈夫です」

「無理はしないように。体力はそう簡単に戻るものじゃないからね」

白銀は何度も背負おうと言ったが、栞はその申し出を断った。遠慮もあったが、近所の人に見られていたらと思うと恥ずかしい。

にこやかに栞の相手をする白銀とは対照的に、窮奇は寡黙で話しかけてくるようなことはなかった。栞も窮奇のことがどこか恐ろしくて、自分から話しかけることができない。

蛇行した坂道を登りきると、道がそこからさらに左へと極端に折れ曲がっており、その先に穂束家はあった。

生まれてこの方、これほど長い期間家から離れたことなどなかったので、栞はホッと胸を撫で下ろした。

「やっぱり結界が切れてしまっているな。後で張り直しておかないと」

白銀はそう言ってから、敷地の入り口に無造作に積んである石を一つ拾い上げた。よく見ると石の裏側には何か文字が書かれているようだったが、消えかけてしまっていて読むことができない。

「……結界ってなんですか？」

「うん？　そうだね。蚊帳のようなものかな」

バリアーのようなものを想像したが、少しイメージが違っていた。

「蚊帳って言って伝わるのかな。知ってる？」

こくこくと頷いて肯定する。

幼い頃に絵本で見たことがある程度だが、涼しげで少し憧れたのを覚えている。

「悪いモノが中へ入って来られないように、目に見えない網を張るんだが、術者が亡くなると消えてしまう」

祖父が普段から手入れを欠かさなかった庭も、たった半月ばかりの間に荒れてしまったように見えた。枝葉が好き放題に伸びている。

玄関の鍵を開けて、戸を引くと懐かしい匂いがした。

「ただいま」

栞は反射的にそう言ってから靴を脱いで玄関を上がる。今まで友だちを家に招いたことがないので、こういう時になんて声をかければいいのか分からず、懸命に知恵を振り絞った。

「えっと、白銀さんも窮奇さんも？　どうぞおあがりください……」

「お邪魔します。——いや、あの頃と全然変わらないな。まるで時間が止まっているみたいだ。まだ、この熊の彫り物も健在だったのか」

玄関の棚に飾られている鮭を咥えた熊を白銀が嬉しそうに眺めている。

その後ろから頭を屈めて窮奇が入ってきた。ジロジロとあちこちへ鋭く視線を投げる様子に、栞は身が縮むようだった。

廊下を進んで居間へと向かう。

勢いよく障子を開けた瞬間、思わず言葉を失った。

居間にある箪笥や戸棚の中身が抽斗ごと引き抜かれて、ひっくり返されている。書類や冊子などがテーブルや床に広がっている様子を呆然と眺めるしかなかった。

「酷い有様だな、これは。まるで強盗が入った後だ」

ぽん、と栞の頭に手を置きながら顔を覗かせた白銀が苦笑する。

「十中八九、伯父さんたちの仕業だろうね」

「なんで、こんなことをするんですか？」

「金目の物がないか物色しに来たんだろう。遺言書を勝手に処分してしまうような人だ。これくらいしても不思議じゃないさ。腹立たしいがね」

祖父が大切にしていた家を手荒に扱われたことが栞には辛かった。実の子どもがこんなことをしたと知ったなら、きっと悲しむだろう。

「……ひどい」

「まぁ、彼らからすれば生まれ育った実家だからね。彼らなりに正当性があると思っているのさ」

白銀は散らかった居間へ入ると、書類を手に取り始めた。

「祖父を亡くしたばかりの甥っ子に対する配慮には欠けていると思うけどね。それにしても短時間でやってきて、荒らすだけ荒らして帰っていったらしい」

どこか可笑しそうに話す白銀の様子に、栞は首を傾げた。

「何か面白いですか？」

「ああ、いや、よほどこの屋敷が恐ろしかったのだと思うとね。昔、千香さんが話していたよ。他の兄姉は子どもの頃から、この家のことを『幽霊屋敷』と呼んで怖がっていたとね。大人になっても怖がっているのかと思ったら笑えるだろう？」

確かに、あんなに恐ろしかった伯父が、ビクつきながら、家の中を一生懸命に探し回っていたのかと思うと、栞は少しだけ可笑しくなった。

「銀」

不意に廊下で退屈そうにしていた窮奇が声を出した。

「つまらんから近所を適当に散歩してくる」

「今日くらい大人しくできないか？　向こうとは何もかも勝手が違う。面倒を起こされると困るんだ」

「くだらん。俺がここにいて何になる」

二人の間にひりついたものを感じて、咄嗟に栞が間に入った。

「あの、ぼくでよかったら案内します」

「まだ病み上がりだろう。無理に出歩かない方がいい」

「大丈夫です。リハビリになるから、なるべく歩くように言われているので」

足が萎えているのは間違いない。坂道を少し登るだけでも辛かった。

「そこまで言ってくれるのなら甘えさせて貰おう。家は片付けておくからね。——窮奇。栞のことをくれぐれも頼んだよ」

「……面倒なことだ。たかが散歩ひとつで」

バリバリと頭を掻いてから、踵を返して玄関へと向かい始めた窮奇の後を、栞は慌てて追いかけた。

「行ってきます」

「ああ。気をつけて行っておいで」

立ち上がってパタパタと玄関へ駆けていく様子を見届けてから、白銀は居間の奥の障子を開けて縁側へと出る。上着を脱ぎながら庭へ眼をやると、かつて修行に励んだ芝生の向こうに秋名城が見えた。

「ちゃんと約束は守りますよ。——ですから、多少のことには目を瞑ってください。今の私には為すべきことがあるんです」

誰にともなくそう呟いて、有《あり》し日と変わらない景色を感慨深く眺めた。

◇

秋名城下には古い町並みが比較的当時のまま残っている。特に酒蔵や味噌蔵が多く、漆喰の白い壁が延々と続く景色は名物となっていた。

そんな町並みを観光するというよりも、窮奇の散歩は野良猫が自分の縄張りを見て回るようなものに近いと栞は思った。自分の関心が湧いた方へ躊躇なく移動しているだけで、道順も何もあったものではない。

行き交う人たちは窮奇を見ると、ギョッとした顔をして、視線を逸らしてそそくさと逃げて行ってしまう。黒いスーツ姿なので、確かにヤクザの人みたいだ、と納得してしまう。

堀の方へ行くのかと思いきや、窮奇は城には興味を示さず、古い路地ばかりを選んで進んでいく。

透明度の高い水路には錦鯉が群れになって泳いでおり、人が通りかかると口をパクパクと動かして餌をせがんだ。

「小僧」

唐突に声をかけられて、思わず飛び上がりそうになる。

「はい」

「あれはなんだ」

あれ、と指差した先にあるのは空へ伸びた長い煙突で、ひらがなで「ゆ」と書いてある。

「銭湯です。大きなお風呂です」

「湯浴み場か。なるほど。悪くない」

牙を剥くように笑うと、唇の向こうに大きな犬歯が見えた。

ずんずん、と銭湯へ向かい始める窮奇の後を追いかけながら、戸惑いを隠せない。

「窮奇さん。今から銭湯へ行くんですか？」

「湯浴み場なのだろう？」

「だって、こんな時間から？」

まだ昼を過ぎたばかりだ。

「明るい時間から入るのが良いんだろうが」

止めるのは無理そう、と栞は観念して大人しくついていくことに決めた。

祖父も銭湯が好きだった。家にも風呂はあるのに、大きな湯船に浸かりたい、と〆切明けには決まって銭湯へ行った。母が生きていた頃には三人で、祖母がいた頃には四人でこの道を歩いた。

そして今は、素性も知らない大男と一緒に歩いている。身体の大きさもさることながら、身に纏う気配が普通の人間とは違うような気がした。大柄な人は栞も何度か見たことがある。小学校の教師の中には背の高い人もいるが、窮奇はもっと違う意味で大きく見える。

銭湯の暖簾を潜って間もなく、栞は急に不安に駆られた。

「窮奇さん。お金……」

窮奇は興味深そうに建物の様子を眺めてから、ポケットからくしゃくしゃになった一万円札を番台に座る老人へ差し出す。

「二人だ。それとタオルも寄越せ」

「はいはい。大人一人とお子さん一人ね。あとタオルと。――おや、千畝さんのところの栞君じゃないか」

「こんにちは」

「もう怪我はいいのかい。入院しているって葬儀の時に聞いたよ」

「はい。もう大丈夫です。大きな怪我もないし」

「そうか。そいつはよかったなあ。……お爺さんのこと、残念だったなあ。俺も千畝さんともう将棋が打てないのかと思うと寂しくてしょうがないよ。口の悪いところもあったけど、面倒見の良い人だったからなあ」

ぐず、と洟を啜ってから、老人は眼光鋭く窮奇の方を見た。眼鏡をかけなおして不審者を見るように怪訝そうに睨みつける。

「この人は？　どうも堅気さんのようには見えないが」

「ええと、この人は親戚のお兄さんです。もう一人のお兄さんと一緒に今日から暮らすことになって」

栞にはそれが精一杯だった。白銀がいたらもっとそれらしい説明をしてくれたかもしれない、と思わずにはおれない。

「ああ、そうか。一緒に暮らしてくれる親戚がいたのかい。よかった。婆さんと二人で千畝さんの訃報を聞いてから心配していたんだよ。身寄りもないのに、この先どうするんだろうってね」

「ごめんなさい。心配をかけてしまって」

「良いんだよ。そら、タオルだ。ゆっくり入って来なさい」

「ありがとうございます」

頭を下げてから、栞はパタパタと急いで窮奇の元へ戻る。

案の定、窮奇は棚にある籠を手にして怪訝そうにしていた。

「脱いだ服を籠に入れるんです」

そうか、と短く言うとすぐに服を脱ぎ始めた。そうして、脱いだ服を片っ端から籠の中へ放り込んでいく。

窮奇は筋肉の塊と言うべき体格をしていて、服のおかげで少し小柄に見えるのだと感じたほどだった。腕など栞の太腿よりも太い。

「タオルは一枚ずつしかないから腰に巻かないで、出てきてから使ったほうがいいのかな」

栞の心配を余所に、あっという間に丸裸になった窮奇は揚々と浴場へ入っていく。

髪を後ろで簡単にまとめて、脱いだ服を大急ぎで畳んでから、栞はタオルを腰に巻くかどうか悩んだ。しかし、結局何も持たずに窮奇の後を追いかけた。

湯気で眩く煙る浴場には幸い、他の人影はない。

壁に描かれた富士山の絵を窮奇は不可解そうに眺めていた。

「小僧。なぜ山の絵なんて描いてある?」

そんなことを言われても栞には分からない。ただ祖父はよく富士山のことを褒めていた。

一度も見たことのない山なのにどうしてだろうか、と栞も疑問に思ったものだ。

「えっと、縁起がいいから?」

「分からんな。死者の住む山もある。お前たちにとっては恐れるべきものだ」

「そうなの？」

きょとん、とした栞を一瞥してから、窮奇がそのまま湯船に入っていこうとするので、栞は慌てて腕を掴んで引き留めた。

「先に掛かり湯、えっと、お湯を被って身体を洗ってから入ってください」

「なぜだ」

「お湯が汚れるからです」

「……ふむ。一理あるな」

窮奇は頷くと、近くにあった桶で湯を頭から豪快に被り、再び湯船へと進もうとするので、栞はもう一度必死に止めるはめになった。

備え付けのシャンプーと石鹸で、身体を洗い終えた二人は改めて湯に浸かる。

湯の熱がじんわりと身体に染み入ってくる感覚に目を閉じた。

そっと奥に座り込んだ窮奇へ目をやると、背中を丸めるようにして肩までしっかり浸かっている。鬣じみた髪の毛が濡れて、ぺったりとしているのが可笑しかった。

「窮奇さんは、お風呂が大好きなんですね」

「……悪くないといったところだな」

窮奇は憮然とそう答えたが、湯船に浸かって心地よさそうだった。

温かい湯の中で手や足の指を開いたり、閉じたりする。半月以上も入院していたので、すっかり栞の身体には病院の薬品じみた匂いが染みついてしまっている。まだ身体のあちこちからなんとも言えない匂いがしていた。

湯に浸かるのも懐かしい。

額の右側、ちょうど生え際の辺りにそっと触れると、僅かに肉が盛り上がっているのが分かった。斜めに傷が走っているそこは、あの日裂傷を負い縫ったそうだが、気がついたら抜糸まで終わっていたので、強く触れない限り痛みはない。

湯を顔にかけてから、大きく息を吐く。

今頃、クラスメイトたちは学校で授業を受けていると思うと、不思議な気持ちになる。明日、登校したら彼らは驚くのだろうか。

「——小僧。貴様は恐ろしくないのか？」

「え？」

湯に浸かったまま窮奇が唸るように呟いた。

「つい先日、事故で死にかけたばかりだろう。またあんな目に遭うとは思わんのか」

脳裏を、あの夜の出来事が走馬灯のように駆け巡った。同時に事故という言葉に、なぜか違和感を覚える。

「お前はあの夜、その目で視た筈だ。自分たちを襲った人ならざる者を」

濡れた髪を掻き上げながら、窮奇は有無を言わさない口調で言う。

断言された栞は、自分が無意識にあの夜のことを思い出さないようにしていたことに気づいた。今まで目を逸らしてきた悪夢が、逃れようもなくすぐ側に迫っているのを感じて身体が震えた。

「……あれは、一体なんですか」

車に追い縋ってきた、あの二本足で立つ人ではない何かの姿を思い出す。

「一言で表すのならば——妖魔だ」

「妖魔?」

「そう。人を惑わし、災いをもたらし、喰らうモノ。そういうものを総称した呼び名だ」

「……妖怪みたいなもの?」

「みたいな、ではない。そのものだ」

祖父が本の題材に選ぶテーマは、そういうものが多かったのを思い出した。内容については分からないが、人ならざるモノの描写が秀逸だというのを、家に出入りしていた編集の人から聞いたことがあった。

祖父が死んだ夜に視た、あの恐ろしい何かだ。

「あれはまた貴様を襲ってくるぞ。賭けてやってもいい」

窮奇はどこか楽しげにそういうと、正面から栞を見つめる。琥珀色の瞳が獰猛に笑っているようだった。

「そんな、なんで」

「もちろん、今度こそ貴様を喰らうためだ」

病室で白銀が口にした言葉が鮮明に蘇った。

『暗闇の中で美しく光輝いているから、どうしようもなく手を伸ばしたくなる。手に入れたくなる。——自分たちの領域へと引き摺り込みたくなるんだ』

どうして気づかなかったのか。

体質の話をされた時に気づいてもよかったのに。他でもない、自分のせいだ。祖父は巻き込まれて命を落とした。

「……ぼくのせいなんですか」

祖父だけではない。母親が亡くなった理由さえ、自分にあるような気がしてならなかった。

「どう思うかは小僧、貴様自身の問題だ」

白銀がいたなら、栞のせいではない、と即答しただろう。或いは、こういう会話にならないよう会話をコントロールしていたかもしれない。

「貴様がそうしたモノ共を惹きつけるのは体質だ。持って生まれたものは変えられん」

窮奇は片膝を立てて、凍りついたように硬直している栞を品定めでもするようにじっと眺めた。

「だがな、祖父の復讐がしたいというのなら、この俺が力をくれてやろう。小僧、貴様には才覚がある」

復讐という言葉に戸惑いを隠せなかった。それは祖父が殺されたということを暗に示していたからだ。

「う、うう」

胸を掻き毟りたくなる衝動に駆られる。言葉にできない何かが栞の胸を掻き乱していく。

事故ならばまだ運が悪かっただけ、と諦めて目を伏せてしまうこともできる。しかし、そうではないと知ってしまった。

殺された。

祖父をあの冷たい雨の中で殺した奴がいる。

ぐらぐら、と胸の奥に灼熱の塊が次々と込み上げてくるようだった。

拳を握り締めると、今までに感じたことのない怒りが全身を支配していく。

窮奇に答えようとした瞬間、懐かしい感触が栞の背中にそっと触れるのを感じた。

『――他人に自分の責任を預けてしまわないよう。人生の舵取りは自分ですることを忘れぬように』

祖父の言葉が耳元で聞こえたような気がした。

窮奇が忌々しい様子で舌打ちする。

「邪魔が入ったな。――興が削がれた」

勢いよく水飛沫をあげて立ち上がる窮奇の手を、栞が引き留めるように掴む。

「……復讐はしません。でも、もう大切なものを亡くしたくない」

毅然と言ったつもりだったが、声が震えてしまっていた。

窮奇は何も言わず、じっと栞の瞳を覗き込んでいたが、やがて口元を緩めて笑う。

「ならば、精々励むことだ」

栞の頭をすっぽりと覆えるほど大きな掌が、ぽんぽん、と軽く叩いた。

「帰るぞ。あまり遅くなると銀の奴が五月蝿《うるさ》くて敵わん」

浴槽を出て戻っていく窮奇の背中を栞はすぐに追いかける。

「それと窮奇さんなどと呼ぶな。気色が悪い。――窮奇でいい」

栞は少し考えたが、結局言われた通りにすることに決めた。

もうこの男のことを、ただ恐ろしいだけとは思わなかった。

三

窮奇と共に家へ帰り着く頃には、既に陽が傾き始めていた。

銭湯を出た後も、窮奇があちこちに興味を示して城下町を歩き回るので、栞もそれについて回ることになったのだった。

「退屈な町だが、悪くない」

悪くない、というのは窮奇にとって褒め言葉だということに栞は気づいていた。素直ではないので、こういう言い方をするらしい。

「しかし、そろそろ腹が空いたな」

「あんなにあちこち食べ歩いていたのに？」

「味はともかく、あの程度の量では腹の足しにもならん」

そう言いながら玄関の戸を開けると、無遠慮にずかずかと家に上がり込んでいく。

「ただいま」

栞がそう中に声をかけると、足音が近づいてきて白銀が顔を出した。

「おかえり」

「遅くなってしまってごめんなさい」

「なかなか帰って来ないものだから心配していたんだ。どうせ窮奇が寄り道をしたんだろう？　大変だったね」

「でも、楽しかったです」

白銀は驚いたように目を白黒させてから、温和に微笑んで栞の頭を撫でた。

「それは何より。さぁ、まずは手を洗っておいで」

「はい」

言われた通りに洗面所へ向かい、石鹸で手を丹念に洗ってから居間へ向かおうとして、廊下の奥で白銀が手招きしているのに気づいた。

「おいで。一緒に挨拶をしよう」

呼ばれるがままパタパタと近づいていくと、仏間の襖が開いているのに気づいた。普段から嗅ぎ慣れた線香の匂いがする。

仏壇の前には白い包みに覆われた箱がある。

「師匠の骨だよ。家中、荒らされてしまっていたけど、お骨はこうして仏壇に供えてあった。それだけは救いだったね」

祖父の骨壺を前に、いつの間にか栞は唇を噛んでいた。

いつも溌剌としていて力強かった祖父。病気になんて負けない、といつも豪語していた祖父は他でもない、自分を守るために殺されてしまった。その事実に胸が痛んだ。

誰にも看取られることなく、あの冷たいアスファルトの上で、たった一人で死なせてしまった。

「栞、落ち着いて。ゆっくりと息をするんだ。息を吸って、そう、吐いて」

白銀に身体を支えられながら、言われた通りに呼吸を繰り返した。胸の痛みが少しずつ消えて、呼吸が落ち着いていくのが分かる。

「窮奇と話したんです。ぼくの体質のせいで、お爺ちゃんは殺されたって」

「……また余計なことを」

「余計なことじゃないです。本当のことを知らないよりもずっといいから」

最後の時まで守られていたことも知らずに、失ったものばかりを見て生きていくことになったかもしれない。そちらの方がずっと恐ろしかった。

「栞のせいじゃない。師匠の目的は君を守ることだった。自身の命を失っても栞のことは守り通したんだ。——だから、師匠は負けてない」

とん、と優しく栞の胸を指で押す。

「君が生きている限り、師匠は勝ち続けているんだ。きっと今頃、大威張りで天国から私たちのことを見守ってくれていると思うよ」

「本当？」

「本当だとも。さぁ、ここへ座って。手を合わせるんだ。いつもやっているだろう？」

栞は頷いてから、りんを鳴らして、小さな手を合わせた。

ごめんなさい、ありがとう。

伝えたいことは他にも幾らでもある筈なのに、たった二つの言葉しか栞の頭には浮かばなかった。

顔を上げると、まだ白銀は手を合わせていた。やがて白銀も顔を上げて微笑む。

「白銀さんは、なんて祈ったんですか？」

「報告かな。あと決意表明といったところか」

白銀は立ち上がってから、肩をぐるぐると回した。

「ああ、それと敬語はお互いなしでいこうか。これから一緒に暮らすのだしね。呼び方も白銀でかまわないよ」

「え……いいんですか？」

「いいさ。それよりも空いている客室を窮奇とそれぞれ借りてもいいかな？」

「それはもちろん。……そういえば白銀、は昔、お爺ちゃんの弟子だったんですよね」

「そうだよ。ちょうど風呂の隣の部屋を借りて住んでいたんだ」

「ぼくの部屋だ」

「そうみたいだね。ああ、もちろん中には入ってないよ。ただ懐かしくてね。つい開けてしまった」

「机の裏に落書きがありました。あれってもしかして白銀が書いたの？」

一瞬、白銀は考えるような仕草をしてから、思い出したように顔を赤くした。

「あー、思い出したよ。そう、思わずね。当時はすごく修行が厳しかったから、むしゃくしゃして書いたんだ。すっかり今の今まで忘れていた」

昔、栞が祖父から叱られて机の下に隠れた際、天板の裏に書いてあるのを見つけた。

「ぼく、お母さんが書いたんだって思っていました」

「元々あの机は千香さんのものだったからね。でも、落書きは私が書いたものだよ。いや、恥ずかしいな。消しておくんだった」

クソジジイ、とマジックで書き殴ってあるのを見つけた時、子どもの頃の母親と繋がったような不思議な感覚がしたけれど、どうやらそれは白銀だったらしい。

くすくす、と栞が笑っていると、不意に玄関でチャイムの音がした。

「私が出よう」

「ぼくも行きます」

和室から廊下へ出ると、玄関の方から子どもの声がした。

ごめんください、と呼びかけるそれは何処かで聞いたような声だった。

応対に出ようとする栞の肩を、白銀がそっと引き留める。

「念のため私が出るよ」

そう言って土間へ靴を履いて降りる。

栞は一応、廊下の角に身を隠すことにした。

玄関の鍵を外して、戸の開く音がした。

「やぁ。こんにちは。どなたかな?」

「あの、栞くんはいますか?」

そっと玄関を覗くと、クラスメイトが戸惑った様子で立っているのが見えて、栞は思わず声を出した。

「渚《なぎさ》くん」

栞の顔を見て、向こうも顔を輝かせた。

「ごめんね。急に来ちゃって」

「栞。お友だちかい？」

「クラスメイトです」

「じゃあ、栞に任せるよ」

白銀に代わって土間へ降りる。

天内《あまない》渚はクラスの人気者で、誰にでも分け隔てなく優しい。栞のことを嫌わず、普段から会話をすることのできる、数少ないクラスメイトだった。背が高く、運動もできるので栞は密かに憧れていた。

「栞くん。もう大丈夫なの？　交通事故って薫《かおる》先生から聞いたけど」

「うん。ぼくは平気。頭を少しだけ切ったけど、もう大丈夫。お見舞いに来てくれたの？」

「班の皆で病院にも行ったんだよ。でも、面会謝絶って言われて。今日、学校で薫先生から退院したって聞いたんだ」

「そうだったんだ。ごめんね、せっかく来てくれてたのに」

「もう明日から来られる？」

「うん。そのつもり」

不意に雨の音がした。夕陽に染まった庭に雨が降りしきっている。

「渚くん、中に入って。濡れてしまうから」

「大丈夫、すぐ帰るから。元気そうで安心したよ」

「ありがとう。渚くん」

「栞くん。——その、お爺ちゃんのこと残念だったね」

何処から話が漏れたのか、祖父が亡くなったことがクラスに伝わってしまっているらしかった。

「誰かから聞いたの？」

「僕は見てないけど、ニュースで報道されていたって。お爺ちゃん、小説家さんだったんでしょ？　交通事故で亡くなったからニュースになったんじゃないかな」

「……そっか」

「ごめんよ。傷ついた？」

申し訳なさそうにしている渚に、栞は首を横に振る。

「ううん。お見舞いに来てくれてありがとう。お爺ちゃんのことも」

「栞くん。お爺ちゃんと二人暮らしだったよね？　大丈夫なの？」

「親戚のお兄さんたちと一緒に暮らすことになったから、大丈夫だよ」

「そっか。じゃあ明日、学校に来るのを待っているからね」

久しぶりに登校するのは正直、気が重かったが、今はどうして悩んでいたのか不思議に思えるくらい心が軽かった。

「うん。また明日ね」

栞は傘立てからお気に入りの青い傘を取って、渚へと手渡す。

「渚くん。これ良かったら使って」

「ありがとう、でも大丈夫だよ。ほら、雨は降ってるけど晴れてる」

「本当だ。天気雨だね」

そういえば天気雨が降ると、祖父が狐の嫁入りだと言っていたのを思い出す。夏の盛りには決まって夕立ちが降った。

「栞くん、どうかした？」

「ううん。なんでもない」

「そう？　なら良いんだ。じゃあね」

ばいばい、と手を振って坂道を降りていく渚を、その姿が見えなくなるまで見送ってからふり返ると、いつの間にか窮奇がそばに立っていた。怪訝そうな顔でこちらを見ている。

「小僧。誰か来ていたのか」

「クラスメイトです。お見舞いに来てくれて」

「……そうか。勝手に敷地の外には出るなよ」

うん、と栞は返事をしてから玄関にしっかりと鍵をかける。

明日、改めて渚に今日のお礼を言おう。そう考えると明日が来るのが、少しだけ楽しみになった。

◇

居間へ戻ろうとすると、台所に立つ白銀と窮奇が神妙な顔をしていた。

栞は一瞬、話しかけてもいいものか考えたが、どんな内容の話であれ一緒に聞いておきたかった。

「えっと、どうかしたんですか?」

「ああ。ちょうど良いところに来てくれたね。実は二人で話し合っていたんだが、どうにも答えが出なくてね。──夕飯を何にしようかという話なんだが、栞は何が食べたい?」

思っていたよりも日常的な話題だったことに、栞は思わず安堵の溜息をついた。

「なんでも好きです。好き嫌いはありませんから」

「それは素晴らしいね。私たちはそれなりにあるから羨ましいよ。いや、まさかこの歳になっても好き嫌いが残っているとは思ってもみなかった」

「銀。話が逸れている」

「そうだった。とりあえず私たちの意見が割れていてね。私は数年ぶりの祖国だ。日本食が食べたい。美味しい寿司屋があるんだ」

「そう言ってもうずっと日本食だぞ。朝も昼も夜も！　いい加減、食い飽きた。魚臭い料理はもういい」

「窮奇は日本の人じゃないんですか？」

「うーん。一応、大陸の人間ということになるのかな。とにかく窮奇は本格的な中華料理が食べたいらしい。そういう訳で話し合いはずっと平行線のままだ。そこで、栞にどちらか決めて貰おうと思ってね」

中華料理か和食のどちらか、と言われれば栞は殆ど和食しか食べたことがないので、そもそも選択肢がない。しかし、和食と即答するのは気が引けた。

「……あの、外にご飯を食べに行くってことですか？」

「ああ。買って帰ってくるくらいなら、食べに行ってしまう方が早いだろう？」

「そうじゃなくって。作って食べるのはダメなんですか？」

栞の問いかけに、二人は心底理解できないという様子で首を傾げる。

「ダメも何も。私も窮奇も料理なんて一切できないよ」

「俺は食う専門だ」

窮奇はともかく、白銀は料理をしそうなイメージがあったので栞は少し意外だと思った。

「簡単なものでよければ、ぼくが作ります。材料も冷蔵庫にあるし」

「栞。無理なんてしなくていいんだよ？」

「違うんです。三年生の時からぼくがご飯を作る係だったので、普通に作れるんです」

作れるというよりも、作れるようになったというのが正しい。栞だって母が生きていてくれたなら、手伝い程度しかできるようになっていなかったかもしれない。仕事で忙しい祖父に負担をかけたくない、その一心で台所に立ったのだ。

「難しいものはできませんが、それでもよければ、ぼくが作ります」

冷蔵庫のドアを開けて、冷凍していた肉や野菜を作業台の上に並べていく。一週間の献立を日曜日の夜に家族で考えるのが穂束家の決まりだった。祖母や母が亡くなっても、それだけは守ってきたのだ。

「二人は待っていてください。ご飯ができたら声をかけますから」

「いや、私も手伝おう」

「ありがとうございます。白銀は何ができますか？」

栞に問われて、白銀の表情が固まる。それから開き直るように微笑を浮かべた。

「何もできないよ。でも、栞から教えて貰えればすぐにできるようになるさ」

「それなら今日は大丈夫ですから。白銀も居間にいてくださいね」

ぐいぐい、と二人を台所から廊下へ追い出して、栞はぴしゃりと戸を閉めた。大人二人に見守られながら料理をするのは気が進まない。

「さて、何を作ろう」

味はともかく窮奇はきっと沢山食べるだろう。作るのが簡単で、いっぱい食べられて、できれば洗い物が少ない方がいい。

台の上に並べた材料を眺めてから、コンロの下の戸を開いて様々な種類の鍋を眺める。祖母と母が遺してくれた鍋の数々。その中でも一番大きな鍋を抱え上げてコンロへと置く。

「よし」

まずは作業用の踏み台を台所の端から持ってきて、その上に立つ。幅と奥行が広く作られた手製の踏み台は、料理を覚えたいという栞のために祖父が作ったものだった。

髪を耳の後ろでしっかりと一つに纏め、調理の前に手を入念に石鹸で洗いながら、栞は段々と楽しくなっていた。こんな自分でも役に立てる。そう思うと無性に嬉しかった。

一時間経過した頃、完成した料理を廊下の向こうの居間へと運ぶ。

卓袱台《ちゃぶだい》に置いた、その一皿を見て白銀は笑い、窮奇は怪訝そうに眉を顰めた。

「……なんだ、これは」

「カレーライスです」

カレー、と窮奇は眉間に皺を寄せたまま呆然と呟く。

「今まで食べたことないんですか？」

中国にはカレーがないのだろうか。なんとなく世界中で愛されているものだと思っていた。

「都市部なら店舗もあるだろうけど、私たちが旅をしていたのは僻地もいいところだったからね。ああ、彼らの名誉のためにいうけれど、田舎の料理も味わい深くてカレーにも勝るとも劣らない味だったよ。まぁ、確かに香辛料はふんだんに使うけどね。いつか栞にも食べさせてあげたいくらいいさ」

「ありがとうございます。でも、ぼく辛いのは食べられません」

今日も大人用と子ども用に分けて作ってある。いかにも中華料理は赤くて辛いイメージがあった。

「あちらはとにかく広いから、味わいも様々だよ。——それにしても美味しそうだ。懐かしい匂いがする」

「残りも持ってきます」

「私も手伝おう」

二人が台所へ向かった後も、窮奇は自分の前に置かれたカレーを厳しい目で眺め続けた。

やがて二人が戻ってきて腰を下ろす。

「ありがとう、栞。まさか四年生でこんなに料理ができるなんて思ってもみなかったよ」

「お口に合わなかったらすみません……」

「まさか。匂いからして既に美味しいよ。——それじゃあ、いただこうか」

いただきます、と白銀と栞が手を合わせてカレーを頬張る。

「うん。いつもと同じ味です」

「美味しい。驚いたな。懐かしい味だ。千香さんのカレーと同じ味がする」

「お母さんが遺してくれたノートに載っていたレシピなんです」

「なるほど、美味しい訳だ。外食じゃ、この味には敵わない」

問題は窮奇の方だった。

スプーンを握ったまま、いかにも不機嫌そうに顔を顰めている。まだ一口も食べていないようだった。

「窮奇。食べてみろ。美味しいよ、これは」

白銀にそう言われて、窮奇はスプーンで少しだけルーと米を掬ってから口へ運ぶ。

「……悪くない」

ぼそり、とそう呟くと次から次へと口へ運んでいく。ものの数分と経たずに平らげてしまった。栞はまだ半分も食べていない。

「まだあるのか」

「おかわり、よそってきます」

「いらん。お前も食っておけ」

窮奇が皿を手にのしのしと居間を出ていく。その様子を見て、白銀が堪えきれないように笑い始めた。

「あの様子だと相当気に入っているよ。心配しなくてもいい。猛獣を大人しくさせるには美味しい食事が一番だ。――例え、檻に入っていても油断はできないからね」

「檻……ですか？」

「野暮なことを言ってしまったね。こっちの話さ」

白銀は静かに微笑むと、カレーを美味しそうに頬張る。

結局、窮奇が殆ど一人で炊飯器の米とカレーの鍋の残りを平らげてしまった。

味の感想を改めて栞が聞くと、口の端を舌で舐め取ってから鼻を鳴らす。

「悪くなかった」

低い唸るような声でそう言っていたが、どこか満足げに栞には聞こえた。

◇

栞にとっては幸か不幸か、睡眠は各自の部屋でそれぞれ取ることになった。

「術をかけてあるから、妖魔は勝手に入って来られない。それでも、もし寝ている時に恐ろしくなったらいつでも呼ぶんだよ」

白銀と窮奇はまだ暫くは起きているという。

栞もまだ寝たくはなかったが、午後十時を回った途端、とても起きていられなくなってしまった。普段は九時には布団に入っているので、これでも夜更かしをしている方だ。

「明日は学校なんだから、しっかり寝ておくんだよ」

「はい。――おやすみなさい」

栞は自分の部屋へ戻り、布団を敷いて横になる。

「ああ、眠たい」

病室のマットレスのついたベッドの方が高価で寝心地もいい筈なのに、普段寝ている布団に横になった瞬間、身体の緊張がほぐれていくのを感じた。

身体というか、精神が深く沈み込んでいくイメージに目を閉じる。

意識が曖昧になり、柔らかい眠気の波に流されていく。

横になって数分としない内に、栞は穏やかな寝息を立て始めていた。

入り口の柱に見覚えのない札が貼られていたことに、気づかないまま。

第二章　雨影

一

酷く不吉で恐ろしい夢の中を栞は漂っていた。

薄暗い闇の中へ伸びる田舎道。等間隔に並ぶ街灯の白く丸い光が周囲の闇を切り取るように足元を照らしている。道の左右には水の張られた田んぼがあり、虫や蛙の鳴き声が忙しなく響いていた。

右側に小さな祠があり、道祖神が祀ってあるのが見える。

街灯の陰に黒い体毛を持つ何かが蹲っていた。骨を咀嚼している音が聞こえる。ごつり、みしり、ばきり、という噛み割る音に、啜るような汚い音が混じった。

その音の悍ましさに震え上がり、足が凍りついたように動かなくなった。腰が抜けてしまいそうになるのを必死に堪えて、立ち尽くすことしかできない。

犬、いや、熊だろうか。

こちらの視線に気づいたのか、ソレの動きが俄に止まり、不意に立ち上がったかと思うと、ゆっくりと振り向く。異様に腕が長く、指先が地面についている。熊のシルエットには見えない。

顔の大きさに対して、あまりにも大きな二つの目がこちらを見ていた。白く濁った眼球の中には瞳がない。

——強いて言えば、それは猿に近かった。

黒い顔の口元に亀裂が走ったかと思うと、歯を剥いて笑う。ヒヒ、と息をする度に甲高い音がした。

その邪悪な笑みを前に絶叫する。闇夜に甲高い悲鳴が響き渡った。

踵を返して、やってきた道を必死に逃げる。恐怖で手足の感覚が遠い。左右どちらの足を出しているのかさえ、判然としなかった。

助けを呼ぼうとしても、引き攣った息が漏れるばかりで声にならない。

背後から迫るアスファルトを蹴る音に、心が砕け散りそうだった。

その瞬間、前方から光が差した。一台のスクーターがこちらへやってくるのが見えて、咄嗟に手を振る。助けて、と何度も叫ぶが、音楽でも聴いているのか気づく様子がない。

ようやくライトがこちらの姿をとらえたのか、スクーターが急ブレーキを踏んで止まる。

その瞬間、背後から生暖かい風が勢いよく追い抜いていった。酷く血腥い匂いがして、足が動かなくなる。

黒い塊が運転手の動揺を嗅ぎ取ったように猛然と襲いかかっていた。スクーターごと横倒しにされて、運転手の男性がくぐもった悲鳴をあげる。手足を振り回して立ち上がろうとしているが、押さえつけられて身動きが取れないのだろう。

やめて、と悲鳴をあげるよりも早く、黒い毛に覆われた拳が男の頭を殴りつけていた。

化物の拳が容赦なく振り下ろされる度に、酷く鈍い音がした。硬いものを叩く音が、やがて熟れた果実を潰すような音へと変わっていく。

倒れたスクーターのライトが逆光となって、黒い影が、気が狂ったように地面を叩いているのが見えた。

ぶん、と風切り音がしたかと思うと、足元にヘルメットが音を立てて転がってきた。頭部を守るためのそれは大きく陥没して、赤黒く染まっている。

ああ、と足から力が抜けてへたり込んでしまった。腰が抜けて立つことができない。恐ろしさも一定の水準を超えると、鈍くなってしまうのだろう。目の前で起きていることが現実のものとは到底思えなかった。

恐怖で心が麻痺してしまったのか。酷く現実感がない。

どうして自分がこんな場所にいるのか。それさえ忘れそうになる。明日は有休を取って学生時代の友人たちと旅行へ行くのだ。社会人になってから、すっかり疎遠になってしまっていたが、ようやくまた集まることができる。そのために遅くまで残業をして仕事を終わらせたのだ。

「そうよ、帰らないと」

立ち上がろうと膝に力を入れた時、目の前にソレの影が落ちる。ぽたぽた、と赤い鮮血が滴り落ちて足元に奇妙な模様を描いた。

ひゅっ、と喉が間抜けな音を立てる。

股間に温かなものが広がって、自分が失禁したのだと気がついた。

たすけて、という言葉が嗚咽となって漏れる。

顔をあげると、そこには歯を剥いて笑う獣がこちらを見下ろしていた。肩を激しく揺らして血腥い息を吐いている。

なんて楽しそうなんだろう。

首を掴まれた、そう思った瞬間に視界が跳ね上がった。――首が飛んでいる。

握り潰されたのだ、とどこか冷静に理解しながら、自分の身体が横倒しになっていくのをゆっくりと流れる時間の中で眺めた。

暗い夜が見えたかと思った瞬間、水の中へ横向きに落ちた。

顔の右半分だけが斜めになった世界を見つめる。

まるで痛みを感じない。首元が氷漬けになったように、ただただ冷たかった。

泥水で濁った視界が少しずつ暗くなり、――やがて泡のように弾けて消えた。

◇

頬に痛みを感じて、目を覚ます。

「栞！」

白銀の切羽詰まった顔が見えた。

誰かが叫んでいた。甲高い絶叫が驚くほど長く響いている。

違う。叫んでいるのは自分自身だ。――そう自覚した途端、自分の喉から飛び出している悲鳴が止む。どこか他人事のように感じている自分に栞は酷く混乱した。

「落ち着いて。ゆっくり息を吐くんだ。できるかい？」

悪い夢、などという言葉では到底言い表せない。あまりにも生々しい死の感触に栞は、ぶるぶると身体を震わせることしかできなかった。

「……白銀」

「ここに居るよ、大丈夫」

白銀も眠っていたのだろう。スーツから寝間着になっている。

幼い頃から恐ろしい夢を見ることはあった。だが、それらとは比較にならない。匂いや感触、何もかもが現実としか思えなかった。

「大丈夫。大丈夫」

そう言いながら栞の背中を優しく撫でる。

「何か怖い夢でも見たのかい？」

声を出そうとしたが、まだ喉が引き攣って声にならない。こくこく、と頷くことしかできなかった。

「……すまない。私が施せるのは、あくまで外部から君を守るものであって、栞自身の力を制限するようなものじゃないんだ。それが恐ろしい夢を見せているのかもしれない」

「……夢」

「そう、ただの夢だよ。君自身に起こったことじゃない。さぁ、ゆっくりと息を吸うんだ。

気分が良くなる」

穏やかな白銀の口調に頷いて、栞は言われた通りに深呼吸を繰り返した。

悪い夢だ、と必死に自分に言い聞かせようとしたが、胸の奥に沈んだ悪寒が止まらない。首に触れた腕の生々しい感触が思い出されて、栞はそっと自分の首を撫でた。

庭から聞こえてくる蛙の鳴き声が、見たばかりの悪夢を彷彿とさせる。

まさか、という思いがした。

布団を出て廊下へ飛び出し、居間へ飛び込む。卓袱台の上にあるテレビのリモコンを手に取って電源を点けると、ちょうどニュース番組が放送されていたが、それらしい報道は見つからなかった。

「どうしたんだい。一体」

「夢じゃないかもしれません」

栞の言葉に白銀は顔色を変えた。

「ぼくの思い違いだと思うんです。でも、あの場所、何処かで見たことがある気がして」

白銀は頷いて、少し考えるようにしてから栞の背を撫でる。

「――なら、念のため確かめておいた方が良いかもしれない。ただの悪夢でないと困る」

そう言って、少しだけ低い声で問いかける。

「何処で見たか、思い出せそうか？」

白銀に問われて、栞は頷いた。夢を見ている時には気づかなかったが、あの場所のことを栞はよく知っていた。

「橋の向こう。お母さんたちのお墓のすぐ傍です」

祖父と何度も車で通ったことのある農道だ。以前、祖父と祠の道祖神にお供えをしたことがあったのをよく覚えている。

「栞、車の鍵を探しておいてくれ。——私は窮奇を起こしてこよう」

「信じてくれるの？」

「もちろん。見に行って何もなければ、それが一番だ。夜のドライブさ」

立ち上がって白銀と共に居間を出ると、栞は台所へ向かう。

作業用の踏み台を抱えて居間へ戻り、祖父が愛用していた棚の上を探し始めた。整然と並んだ小物入れには沢山の抽斗がついていて、それぞれに判子や諸々の道具が分けて入れてある。

「車の鍵は、たしかこの辺りに……」

抽斗の一つを狙い打ちにしてみると、案の定そこには青いペンギンのキーホルダーのついた鍵束があった。

栞が掌の上で鍵を確認してみると、何か奇妙な感じがした。違和感の正体が分からず、よく鍵束を観察してみると、家の鍵、車の鍵、納屋の鍵。それらに加えてもう一つ、見覚えのないものがあった。

「なんの鍵だろう」

今まで何度も祖父から鍵を取ってくるよう頼まれたことはあった。三つの鍵がそれぞれ、どういうものかもよく覚えている。だが、この真新しい鍵は見たことがなかった。

怪訝に思っていると、どすどすと音を立てて窮奇が居間へやってきた。寝ぼけ眼で眉間に一際深い皺を寄せて、いかにも不機嫌そうだ。

「——銀。俺の眠りを妨げるだけの理由があるんだろうな」

「ああ。もしかすると、お前の出番かもしれない」

白銀の言葉に窮奇はカッと目を見開くと、興奮した様子で獰猛な笑みを浮かべた。

「それを先に言え」

「起こされた文句ばかりを言うから、話す暇がなかったんだよ」

栞は踏み台を降りて鍵束を白銀に手渡した。

「ありがとう。師匠の車に乗るのも久しぶりだ」

「ぼく、戸締まりをしてきます」

祖父と出かける時、家中の戸締まりを確認するのは栞の役割だった。家の何処に窓があって、ドアがあるのか。目を閉じていても分かる。

全ての戸が閉まっているのを確認してから三人で玄関へ向かう。靴を履いて外へ出ると夜風がひやりと冷たい。

こんな真夜中に出かけるのは生まれて初めてだった。

なにか羽織ってくるべきだろうか、と栞が思っていると、頭の上から上着が落ちてきた。

「着てろ。風邪で死なれたら面倒だ」

こちらを見もせずに窮奇がぶっきらぼうに言う。廊下の壁にかけていた上着を代わりに取っておいてくれたらしい。

「ありがとうございます。窮奇」

玄関に鍵をかけてから車庫へ向かう。

白銀は鍵をくるくると回して、なんだか少し浮かれているように見えた。

「どうかしたんですか？」

「ん？　ああ、師匠の愛車を運転するのが当時、密かに抱いていた夢でね。まさか今頃になって叶うなんて」

白銀は実に上機嫌だが、栞にはよく分からない。残っている方の車は小さいし、古いし、それほど凄いものだと思ったことはない。強いて言えば、とても可愛い。

白銀が車庫のシャッターを上げて、慣れた様子で壁のスイッチに触れて照明を点ける。

「師匠と二人で、こいつの整備に明け暮れたものだよ。——フィアット五〇〇だ。最高のデザインだと思わないか」

レモンクリーム色をした丸いテントウムシのような車だ、と見る度に栞は思う。昔のアニメ映画の主人公たちが乗っていたものと同じタイプのようで、母親もこの車をいたく気に入っていた。

「……なんだ、この狭い車は。ふざけているのか」

唸る様に声をあげながら、窮奇が助手席を睨みつける。

「窮奇。お前は後ろだ。助手席には栞が乗ってくれ。道案内もお願いしたい」

「ふん」

窮奇が不機嫌そうに後部座席を覗き込む。後部座席はソファのようになっているので、横幅は問題なさそうだが、天井が低い。

白銀が運転席を前に動かし、窮奇が後ろの席へなんとか乗り込むと、小さな車体が一気に沈み込んで左右に揺れた。サスペンションが鈍い音を立てる。

「なんとか入ったけど、やはり窮屈そうだな。無理があったか」

頭が完全に天井についてしまっている。

「……狭い」

窮奇はそう不満げに言うと、上半身を捻って背もたれを手で掴む。そうして力を込めると、何かが割れる音がして背もたれが荷台の方へ傾いた。

「多少はマシになったぞ」

「まったく。もう少し丁寧に扱ってくれ。ビンテージ品だぞ」

「知ったことか」

栞は助手席へと座る。

白銀がゆっくりと車の鍵を差してエンジンを回すと軽快な音が響いた。

「さぁ、急ぐとしよう」

車庫から走り出した車はゆっくりではあるが、滑るように敷地を下っていく。坂道にも特に慌てる様子もなく、あっという間に県道へ出た。

「運転、上手ですね」

「ありがとう。向こうで散々乗っていたからね。なにせあっちは都市部ならまだしも、地方の方は未舗装の道路も多くてね。なにぶん国が広いから、運転が下手だと崖から転げ落ちるんだ。死にたくないから必死で練習したものさ。――ここから右折、右へ行けばいいかい？」

「はい」

頭の中で必死に墓のある寺までの道程を思い出す。祖父は栞に「住んでいる町の地理くらいは頭に入れておくように」と事あるごとに言っていたので、普段から地図を見ることが多かった。次第に眺めているのが楽しくなり、頭の中でそこがどんなところなのか夢想するようになった。

「そこからまた右です」

交差点で右折し、暫く進んでいくと左側に堀と秋名城が見えた。一年中、夜になるとライトアップしているので城の前はいつも人通りがあるのだが、流石にこの時間は大通りも静まり返っている。

「お城の先の信号を左です」

「了解」

バックミラーへ視線をやると、後部座席に座る窮奇は険しい顔をしているが、どうやら眠っているようだった。

それから暫く道沿いに進んでいくと長い土手があり、なだらかな坂道の先に日樽《にったる》川に架かった赤い橋が見えた。

秋になるとここは一面の枯れ草色になり、この辺りに住む子どもたちは我先にと、ソリを持って遊びに来る。プラスチックのソリを持っていない子どもは段ボールを敷いて滑るのだ。

栞も幼稚園の頃、祖父と二人で草滑りにやってきては陽が暮れるまで遊んだ。小学生に上がる頃には、友だちだけで遊んでいる子たちの視線が気になって、草滑りそのものをやめてしまった。

「白銀はぼくの話をどうして信じてくれるんですか。おかしな子どもって思わないんですか」

「はは。今更そんなことを聞くのか。短い付き合いだけど、私は君が嘘をつくような子ではないということを知っている」

「……」

「きっとこれまで色んな人から嘘つき呼ばわりされてきたんだろう？　普通の人には視えないものが視えるというのは大変なことだよ。でも、皆んなと同じものだけを見ようとする必要なんてないんだ。そんなこと、誰もできやしない」

当たり前のように断言する白銀の言葉に、救われたような気がした。

「白銀もそうだったの？」

「いや、どうだろうね。私には子どもの頃の記憶がないから。いったいどんな子どもだったのか、さっぱり分からない」

「記憶がないんですか？」

そうだよ、と涼しげに言いながらも、正面から視線を逸らさない。

車が赤い橋を渡り、川を越えていく。

「……師匠に拾われたときが、だいたい十四歳あたりかな。体格的にもう中学生くらいだったと思うんだけど、それ以前の記憶がなくてね」

「え？」

「師匠は妖魔に記憶を喰われたんだ、と仰っていたよ」

記憶がない、というのがどれほど恐ろしいことか。栞はほんの少しだけ想像して、身が竦む思いがした。

「自分の名前も、家族がいたのかどうかも分からない。それでも一般常識や知識だけはあったから生活する分には困らなかったね。一応、持ち物に名前が書かれてあったんだけど、まるで自分の名前という気がしなくてね。弟子入りをする時に捨ててしまった」

詳しく聞くべきではなかった。なんて反応をすればいいのか分からない。何を口にしても間違っているような気がしてならなかった。

「ごめんなさい」

「栞が謝るようなことではないよ。むしろ良い機会だったくらいさ。こういう身の上話は切り出すタイミングが難しい。仰々しく話すようなものでもないし」

「……あの。もう一つだけ、聞いても良いですか？」

「ん？　勿論。なんだい？」

「……白銀は家族に会いたいと思う？」

「本当の家族について考えないか、と問われると難しいね。気になってはいるよ。でも、今はそれどころじゃない。他にやるべきことがあるからね」

「ごめんなさい。ぼくのせいで」

「いや、栞のことじゃない。——これは、もっと前から抱えている問題なんだ」

一瞬、ほんの一瞬だけ白銀の視線がバックミラーの方へと向いた。鋭い瞳が静かに窮奇を捉えて、すぐにまた前へ向く。

「よく言うだろう。『ままならないのが人生だ』って」

「そうなんですか？」

きょとん、とした顔の栞を横目で見て、白銀が苦笑する。

「知らない？『ローマの休日』だよ。師匠が観せてくれたんだ。家の何処かにソフトがまだ残っているんじゃないかな」

確かに祖父は映画鑑賞が好きな人だった。小説を書く糧になる、と言っていつも映画を仕事場で流していた。

「ぼくも一緒に何度か観てました。でも、どれも話が難しくて」

「師匠は小難しい話が好きだったからね。大丈夫。あの映画なら栞もきっと楽しめるさ」

橋を渡り終えてから、すぐに栞は交差点を左折するように伝える。そのまま小高い山の方へ向かう道へと進んでいくと、道が急に狭くなった。ここから先の道を祖父がいつも曲がり損ねていたことを思い出す。

栞がそう思った瞬間、前方を見覚えのあるスクーターが走っているのに気がついた。

ハッとして、目の前のそれを指差す。

「あのスクーターを追いかけてください！　そこの細い道へ曲がっていく筈だから」

栞が行った通り、先を行くスクーターは脇道へと曲がっていった。それを追いかけるように白銀がハンドルを回す。

「夢の中で、あのスクーターの人が襲われたんです」

白銀は一瞬だけ驚いた表情を浮かべたが、すぐに感心したように頷いてみせた。

「そういうことか。なら、まだ間に合うかも知れないね」

車を加速させて、スクーターに併走する。栞は窓を開けてから、運転手に必死に手を振って止まるように指示した。

驚いた様子でスクーターが減速し、やがて止まる。急に子どもから止められたら、怒りよりも戸惑いが勝つだろう。

フルフェイスヘルメットのバイザーを上げて、怪訝そうに男が車の中を覗き込む。

「なんですか？　どうかしました？」

男の意識が完全にこちらを向いた瞬間、後部座席の窓を開けた窮奇が、スクーターの後ろへそっと腕を伸ばすのを栞はサイドミラー越しに見た。

「いや、呼び止めたりして申し訳ない。どうやらブレーキランプが故障しているみたいですよ」

「え？」

男が振り返って後ろを見ると、確かにブレーキランプが消えてしまっていた。

「うわ、マジか。ありがとうございます」

「いいえ。夜道には気をつけて」

にこり、と白銀は微笑んでから、車を発進させた。

「壊したの？」

後部座席の窮奇は、ふん、と鼻を鳴らして左手を開閉させる。

「撫でてやっただけだ。命拾いしたのだから、修理代くらい安いものだろう」

「窮奇の言うとおりだ。――栞、君にはどうやら予知の力があるらしい。これから起こる未来の出来事を夢に見る」

「夢の通りなら、さっきの人はこの先で襲われていました。白銀、急いでください。この先でもう一人、女の人が襲われる筈です」

「大丈夫、もうすぐ夢に追いつくよ」

暫く進むと、覚えのある路地が見えた。等間隔に並ぶ街灯、左右の田んぼの位置も栞が夢で見たものと同じ光景が広がっている。

道路で立ち尽くす女性の姿を見つけた。その視線の先、数メートルの街灯の下に黒い大きな影が蹲っている。

「夢の中で二人を襲ったのはアレです」

車を女性のすぐ隣へ止めるなり、白銀と窮奇が即座に車の外へ飛びだした。

「栞は車から出ないように」

白銀の言葉に頷いて、背筋を伸ばす。

驚いた女性に背を向けて立った白銀が懐から何かを放り投げた。宙を舞ったのは、漢字がびっしりと描かれた数枚の御札だ。

「……如律令《にょりつりょう》」

ぼそり、と白銀が呟くと、札が漂うように二人の前に整列した。

「え？　え？」

驚いている女性も、やはり栞が夢の中で見たのと同じ人物だった。

「窮奇。急げよ、この術は長くは保たない」

「あいつの匂いには覚えがある。小僧の屋敷にも近づいたことがあるだろう。獣臭い、腐った血の匂いだ」

ソレが振り返ると、闇の中に大きな白い目が二つ浮かび上がった。忌々しい様子で歪んだ顔。歯を剥いて威嚇する姿は老いた猿のようだ。

「気持ちは分からんでもないが、お前に小僧を喰わせてやる訳にはいかんな」

窮奇がそう言って足下にあった拳ほどの石をさっと拾い上げると、身を翻すようにして投げつけた。空気に穴が空くような音が辺りに響き渡ったかと思うと、凄まじい勢いで放たれた石礫が、それの右腕を吹き飛ばした。――肩の下から千切れ飛んだ右腕が、虚空を三回転して田んぼに落ちて水柱をあげる。

その瞬間、凄まじい猿叫《えんきょう》が響き渡った。聞く者の魂を心底震え上がらせる、怒りに満ちた甲高い叫び声。

俄にそれが上へと跳ねた。街灯を踏んで空中で翼を広げる。蝙蝠の羽に酷似した、薄皮を張ったような翼だった。鋭く羽ばたいたかと思うと、暗い木々の向こうへと音もなく消えてしまった。

「チッ」

二弾目をちょうど拾い上げていた窮奇は、忌々しい様子で石を田んぼの方へと放り捨てると、不機嫌そうに車へと戻ってきた。

「仕留め損ねた。まさか羽があるとは」

「犠牲が出なかっただけで価値があるさ」

白銀はそう言うと、空中に浮かんだままの札を集めて懐へ戻す。

「あ、あの。えっと」

女性の方は完全に気が動転していた。頭を抱えて、必死に自分が目にしたものを噛み砕こうとしているのが、栞にはよく分かった。

「お嬢さん。大丈夫ですよ。これは夢ですから」

「え？　夢？」

「夢です。悪い夢に過ぎません。貴方はここで何も見なかった。誰にも会わなかったし、いつもと何も変わらない日だった」

そう断言する白銀の瞳に吸い込まれるように、女性が顔を近づけていく。

「家は何処？」

「……すぐそこです」

「それは何より。では、気をつけて帰ってください。大丈夫、家までまっすぐに寄り道をせずに帰るだけなのだから」

「……はい」

また暗示をかけるのか、と栞は思ったが、こんな恐ろしいことを覚えておく必要はない。女性は、まるで何事もなかったように道を進み始める。

栞は助手席から降りて、彼女の背中が見えなくなるまで眺めていた。

「栞、お手柄だったね」

「ぼくは夢を見ただけです。白銀、ありがとうございます」

「間に合ったのは、君があの瞬間に決断していたからだ。もう数分でも遅れていたら、二人の命はきっとなかっただろう」

白銀にそう言って褒められたのは純粋に嬉しかったが、それ以上に夢で見た二人が助かったことが何よりも誇らしかった。

「狒々《ひひ》の化物だと思っていたが、どうもあれは違うな」

窮奇の言葉に、白銀が肯定するように大きく頷いて重い溜息を吐いた。

「全くだ。翼のある狒々だなんて聞いたことがない」

「あれだけ痛めつけられたら、暫くは来ないだろうが、まあ数日といったところか」

どうしてそんなことが分かるのだろうか、と栞が不思議に思っていると白銀が不敵に笑った。

「分かるとも。腕を落とされた妖魔は再びやってくるのが、この国の怪談の不文律だ」

危機が去った訳ではないらしい。

「栞。彼らが襲われそうになったのは自分のせいだと思っているかもしれないが、これは君とは関係ないよ」

「……でも、ぼくがいるから妖魔がここへやってきたんですよね」

「それは違う。奴らは夜に紛れるものだ。町中よりも、こうした夜の濃い場所の方が連中にとって都合がいいのさ」

「……でも」

「この国で毎年、どれくらいの数の人間が行方不明になっていると思う？」

「え……？」

突然の問いに驚きながらも、どうにか考える。漠然と思い出されたのは祖父と毎朝、一緒に見ていたニュース番組だ。

「……二十人くらい？」

「九万人さ。——この町の人間よりも多い人数の人間が毎年、行方が分からなくなっている」

あまりに膨大な人数に息を呑んだ。毎年そんなに大勢の人間がいなくなってしまっていたら、いつか人がいなくなる気さえしてくる。

「勿論、人間の犯罪に巻き込まれた者が大半だろう。だが、妖魔に襲われた人間も少なからずいることを忘れてはいけない。いいかい？　皆が知らないだけで妖魔という存在はすぐ傍にいる。遭遇して日常へ戻れる人が極端に少ないから、まるで存在しないように感じるだけさ」

「……お爺ちゃんはさっきの妖魔に襲われたんですか」

車の中からではよく見えなかったが、それでもあの黒い猿のような妖魔は恐ろしかった。

「今のところはなんとも言えないな。ただ師匠があんなものに後れを取るとは思えないね」

かつての祖父も、こうして誰かを守ってきたのだろうか。いったいどれほどの数の人を救ってきたのだろう、と栞は漠然と考えた。

「さて、私たちも帰ろうか」
白銀が車を発進させて家路に就く。
途中、先程の男性がスクーターを押して歩いている横を通り過ぎた。
安心したのか、急に眠気の波が栞を襲う。
ふと窓の外へ目をやると、分厚い雲の切れ間に月が見えた。
窮奇の瞳の色によく似ている。
栞はゆっくりと目を閉じると、やがて小さく寝息を立て始める。
もう悪夢は見なかった。

二

翌朝、通学路はちょっとした騒ぎとなった。
低学年の子どもを学校まで歩いて送る親というのは珍しくはない。ただ、これまでの人生において栞はいつも一人で登校していたので、こういう事態が普通なのかどうか計りかねていた。

周囲の視線が集まっている。

とにかく白銀が目立つのだ。

まず年齢が若い。それに背が高い。おまけに顔立ちが整っていて、髪型も少し変わっている。色素の薄い銀色に近い髪を片方だけ三つ編みにしてある。そんな男がニコニコと微笑みながら隣を歩いているのだから目立たない筈がなかった。幸い、白いシャツに黒いズボンというラフなスタイルなので、これから会社に行くように見えないこともない。

「学校まで下り坂なのはいいけれど、そのぶん帰りが大変だね。毎日これでは骨が折れるだろう」

「……うん」

周囲を歩く児童たちも物珍しそうに白銀を眺めて、或いは遠巻きにしていた。特に高学年の女子たちなどは、アイドルの誰それに似ているだのと囁き合っては、キャイキャイと黄色い声をあげている。

当の本人は彼女たちのことなど見えていないように平然としていた。

「栞。帰りは窮奇に迎えに行かせるけど、それで構わないかな？」

「白銀は来ないの？」

「ああ。私は少しやることがあるのでね。こう見えてそれなりに忙しいんだ。大丈夫、夕方までには帰るからね。昼間も屋敷から学校のことは窮奇に見張らせておくから、心配はいらない」

そう言われて栞はやってきた道を振り返った。坂道の先、小高い丘の上からは確かに小学校が見えるけれど、あんなに遠くから学校で何かが起きているかなんて分かるのだろうか。

そうこうしている内に校門まで辿り着いてしまった。

子どもを送りにきた他の保護者たちの視線が自然と白銀に集まる。親子というには歳が近いし、兄弟と呼ぶには似ていない。

教師が見れば怪訝に思う者もいるだろう。担任の薫が校門にいたら面倒なことになっていた筈だ。

「行ってきます。送ってくれてありがとうございました」

「行ってらっしゃい。楽しんでおいで」

にこやかに手を振る白銀に頭を下げてから、栞はそそくさと昇降口へ駆けていった。下駄箱の前で上履きに履き替え、ランドセルを背負い直したところで、ようやく一息つくことができた。

その時、背後からランドセルを蹴られて、思わず前のめりに倒れる。

「あ」

手をついた拍子に引っ掛けたのか、右手に着けていた組紐が裂けるように外れている。

顔をあげると、クラスの男子が三人、意地の悪い笑みを浮かべて廊下へ走り去っていった。

外れた組紐をポケットにしまい、掌に食い込んだ細かい砂利をはたく。

砂を払って立ち上がったところで、男女、と揶揄う声が聞こえた。

栞は唇を引き結んでから、昇降口から廊下へと移動する。壁にかけられた鏡に写る、小さな自分をぼんやりと眺めた。

九歳という年齢を差し引いても小柄だ。クラスで二番目に小さく、男子の中では一番背が低い。祖父の言いつけで伸ばした髪のせいで、一見すると女の子のようだ。目が大きいのは母親譲りで、瞳の色素が薄くて茶色がかっている。

憂鬱な気持ちで教室へ向かうと、既に多くの児童たちで騒がしかった。一瞬、入り口の近くに座る女子と目が合ったが、すぐに視線を逸らされてしまう。

自分の席へ向かう栞に声をかける児童はいない。――ただ一人を除いては。

「栞くん、おはよう」

渚の顔を見て緊張が解けていくのを感じた。

「おはよう。渚くん。昨日はありがとうね」

「ううん。それよりも大丈夫？　手、痛そう」

渚の気遣いが栞は嬉しかった。クラスの中で唯一、自分のことを露骨に避けようとせず、いつも心配をしてくれる。

「うん。大丈夫。かすり傷だから」

栞の言葉に、渚は沈痛な面持ちで頷いた。

「見ていないところでやるんだ。助けを呼んでくれないと何もできないよ」

「ううん。本当に大丈夫なんだ」

ランドセルから教科書やノートを出して机に入れながら、栞は頷いてみせた。

「そういえば今朝はすごく目立っていたね」

「……見ていたの？」

「うん。校門前にあんなモデルみたいな人がいたら目立つよ」

「そんなに目立っていた？」

「ああ。すごくね」

放課後、窮奇が迎えにやってくるところを想像して、栞は早くも気が重くなった。

クラスメイトたちに揶揄われるのは慣れている。しかし、窮奇が怒ってしまわないだろうか。暴力を振るうことはないと思いたいが、怒鳴るだけでも信じられないような迫力があるに違いない。下手をすれば大騒ぎだ。

チャイムが鳴ると、クラスメイトがそれぞれの席へと大慌てで戻っていく。

しばらくして担任の周防《すおう》薫が教室へやってくると、栞の姿を見つけてすぐに駆け寄ってきた。

「穂束君。もう学校へ出てきても大丈夫なの？　保護者の方からお話は聞いたけど、まだ退院したばかりなんでしょう？」

「大丈夫です。傷も抜糸してます」

そういって髪を掻き上げて傷を見せると、薫が泣きそうな顔になった。若いこの女性教師は真面目で優しくて児童にも好かれているが、涙脆いのが玉に瑕だった。

「とにかく無理はしないでね。辛かったらいつでも言って」

「分かりました」

まだ何か言いたげではあったが、一度軽く溜息をつくと教壇へ上がって教室を見渡した。

「皆さん、おはようございます」

おはようございます、と児童たちが声を揃える。

「穂束君が無事に退院して教室へ戻ってきてくれました。まだ本調子ではありませんから、困っているところを見たら積極的にお手伝いをしてあげてくださいね」

疎《まば》らな返事が教室に響く。

「それでは出席を取ります」

毎朝の決まったやり取りを目の当たりにして、栞はほんの少しだけ日常へ戻ってきたような気がした。

「穂束栞君」

はい、と手を挙げて返事をしてから、膝の上へ下ろす。

ふ、と視線を窓の外へやると、運動場に誰かが立っているのが視えた。

誰だろう、と栞が怪訝に思っていると、急に背中を強く叩かれた。驚いて振り返ると、後ろの席の園田《そのだ》修一《しゅういち》が苛立った様子でこちらを睨みつけている。

「プリント。回せよ」

ハッとして前を向くと、ちょうどプリントが前の席から回ってきているところだった。

「ごめん」

慌ててそれを受け取り、修一へ渡すと椅子の下を爪先で蹴り上げられた。

「ぼーっとしてんなよ、グズ」

突きつけられる敵意に身が竦む思いがした。どうして他人にこれほどの怒りをぶつけられるのか、栞には分からない。

普段から修一は栞のことを目の敵にしていた。クラスの中でも問題児として有名で、避ける者が多い。親が地元の建設会社の三代目ということもあり、保護者や教師たちもあまり強く出られないでいた。

「おい。お前んとこのジジイ、死んだらしいな。交通事故だったんだろ」

「……それがなに？」

「ジジイのくせに車なんか乗ってんなよ。免許ヘンノーだろ、ヘンノー」

ニタニタと人を馬鹿にした笑みを浮かべながら、挑発するように言葉を繰り返す。

「ママが言ってたぜ。誰も引き取る人がいなけりゃ施設に行くんだって」

本当に楽しそうに人を傷つけようとしているのが、よく分かった。

「お前も死ねばよかったのにな」

喉が枯れたように声が出てこなかった。人の不幸を楽しんでいる様子に血の気が引く。胸の奥に、どろどろとした感情が鉛のように落ちていくのを感じた。

「修一君」

咎める声が教室に響いた。薫がこちらの方をじっと見ている。

「私語は控えなさい。……栞くんもプリントに目を通して」

「はーい」

白々しく返事をする修一に背を向けて、栞はプリントへ視線を落としたが、幾ら文字を目で追いかけても頭に入ってこなかった。

胸の中でぐらぐらと煮立った感情が行き場をなくして、内側から身を焦がしていくようだった。苦痛に顔が歪むのを隠すために栞は俯き続けた。

◇

一時間目、二時間目と何事もなく授業は進んだ。

栞は勉強をするのが嫌いではない。むしろ好きな方だ。運動に比べたら簡単だし、教師の話に耳を傾けて、授業の中身を理解していれば自然とテストの点数は取れる。

中休みになると、クラスの男子の半分ほどが勢いよく校庭へ出かけていく。

「馬ッ鹿みたい」

急に強い口調が聞こえてきて、思わず栞が顔を上げると学級委員の矢野由比乃《やのゆいの》が顔を顰めて立っていた。

「たった二十分しかないのにサッカーしに行くなんて。グラウンドぬかるんでぐちゃぐちゃなのに。――栞くんもそう思うでしょう？」

同意を求められて、こくん、と頷く。

「栞くんが休んでいる間に班の出し物が決まったの」

「そうなんだ」

一年生の歓迎会に四年生は各班で出し物をすると聞いてはいたが、栞が休む前には具体的なことはまだ何も決まっていなかった。

「何をするの？」

「合唱」

あまり人前で歌うのは好きではない。しかし、休んでいたのだから仕方ない、と栞は納得することにした。

「それでね、お昼休みに音楽室で練習しようと思うの。栞くんも参加してくれるよね」

「うん。分かった」

由比乃が安心したようにニッと笑うと、上の前歯がない。本人もそれに気づいたのか、慌てて口元を手で覆った。

「歯が抜けたんだね。ぼくも下の歯がぐらぐらしてる」

ほら、と栞は口を開けて、ぐらつき始めた下の前歯を見せる。指で触ってみると前後に少しだけ動く。

「栞くんもなんだ。なんで前歯から抜けるんだろ。奥のほうから抜けたらいいのにって思わない？」

「でも、奥歯のほうが大きいから痛そうじゃない？」

「それもそうかも」

困ったように顔を顰める様子が可笑しくて、思わず栞が微笑むと由比乃は物珍しそうに目を丸くした。

「栞くんも笑うんだ」

「笑うよ」

そう言った瞬間、視界の端に映る廊下を何かが横切った。

「どうかしたの？」

「ううん。ごめん、ちょっとトイレ」

椅子を蹴って席を立ち、足早に廊下へ向かう。窓の外は暗く、今にも雨が降り出しそうだった。分厚い鉛色の空を一瞥して、廊下の奥へ目をやる。

栞の視線の先、薄暗い階段の下に背広姿の男が呆然と立ち尽くしていた。栞の眼には男の周囲だけが酷く寒々しく視える。

死者だ。

知らないふりをしなければならない、そう頭では分かっているのに、思わず廊下に出てきてしまったのは、何か自分にもできることがあるんじゃないかと思ったからだ。

よく視ると男の足元に水溜まりが丸く広がっていた。強い雨に打たれた直後のように頭からずぶ濡れで、濃い灰色になった上着の裾から水が滴り落ちている。

脇で抱え持っているのは、出欠確認に使う黒表紙だった。正式名称など栞は知らないが、それが教師の持ち物であることは知っている。

近づいていくと、酷く生臭い匂いがした。水が腐ったような匂いに思わず顔を顰める。引き返すべきだ、と祖父なら言うだろう。相手にしてはいけない、と。だが、直感で理解できた。――これは放っておけば悲惨な結果を招くモノだ。

一歩進む度に輪郭がくっきりとしていくようだった。スーツに付着した苔や黒黴、変色して紫色に膨らんだ手が視える。

あと三歩という距離で、栞の足が止まった。恐ろしさに俯いたまま、足が震えて言うことを聞かない。今まで避けてきたモノと向かい合う恐怖に怖じ気づいた。

革靴が水溜まりを踏む音が階段に響く。

栞は俯いたまま、自分の爪先だけをじっと見ていた。

始業のチャイムが鳴る。背後から児童たちが慌てて教室へと駆けていく音がした。グラウンドに遊びに行っていた児童たちが戻ってきたのだ。

彼らの声に反応したように男が絶叫した。甲高い悲鳴のような、断末魔のような悲鳴が廊下に響き渡る。

思わず耳を塞いだのは栞だけだ。他の児童には見えもしないし、悲鳴も聞こえない。

不意に男が音もなく栞の傍らを滑るように走り去った。

児童たちの悲鳴が聞こえた。その中には聞き覚えのある声が幾つか混じっている。普段から嫌というほど聞かされてきたのだ。間違う筈がなかった。

恐る恐る背後を振り向くと、三人の男子児童が廊下に倒れている。死体のように力なく倒れているのを見て思わず立ち尽くす。

廊下の先、昇降口の前に、あの男の背中が視えた。――しかし、その姿はぼろぼろと頭から崩れてあっという間に消えてなくなる。

「どうかしましたか」

騒ぎを聞きつけて駆けてきた教師たちが、倒れている三人の介抱を始める様子を栞はただ遠くから眺めることしかできなかった。

脳裏を過ぎった一抹の不安に慄く。

教師が抱き起こしていたのは、やはり園田修一だった。ぐったりとして口からは血の混じった泡を吐いているように見える。残りの二人は朝方、修一と一緒にちょっかいを出してきた取り巻きの二人だ。

大勢の児童と教師で騒然とする中、栞は逃げるように昇降口へ向かった。途中、由比乃とすれ違ったが、とても言葉を交わす余裕などない。一刻も早く、この場を離れなければならない。

騒ぎに紛れてどうにか下駄箱へ辿り着く。急いで上履きを履き替えて校舎から飛び出す。それからは一度も振り返らずに校門まで走り抜けた。

ランドセルを置いたままにしてしまったが、戻る気になどなれない。せめて放課後になってからでないと他の児童と鉢合わせるかもしれなかった。

校門から学校の敷地の外へと出て後ろを振り向くが、あの男の姿は視えなかった。成仏したとは思えないけれど、少なくとも自分が学校から離れることで、あれ以上クラスメイトを巻き込むことはないだろう。それでも、これからどうすればいいのか栞には分からなかった。

とても家に帰る気にはなれない。組紐を壊してしまった上に、軽々しく妖魔に近づいたせいで無関係の人が襲われた。白銀はきっと慰めてくれるだろう。けれど今、その優しさに甘える自分にはなりたくなかった。

何処に行くべきか、と悩んでいると不意に、どん、という音が辺りに響いた。足下がぐらぐらと揺れる。揺れはほんの一瞬だった。

「小僧。何処へ行くつもりだ」

いつの間にか隣に窮奇が立っていた。憮然とした様子で栞を見下ろしている。

「……どうして」

ここにいるのか、と訊こうとして止める。白銀が朝、話していた通りだ。屋敷から学校の様子を見ていたのだろう。そして下校時間よりも早く学校から出てきた栞を見つけて、おそらくは文字通りに跳んできたのだ。その証拠に窮奇の足下の石畳が砕け散ってしまっている。

どうやら震源地はここだったらしい。

「酷い顔だな」

そう唸るように言うと、窮奇は栞の肩の辺りに顔を近づけて匂いを嗅ぐ。それから実につまらなさそうに鼻でせせら笑った。

「ふん。タチの悪い死霊が出たか」

「笑わないでください。クラスの子が三人襲われたんです」

「それがどうした。生気を多少吸われて当てられただけだ。それくらいで死ぬものか」

ぼくのせいです、とは言えなかった。話して、そうだ、と肯定されたら辛い。

「なるほどな。それでおめおめと尻尾を巻いて逃げてきたというわけか」

「……ぼくがいると、また襲われるから」

くっくっくっ、と窮奇は意地の悪い顔をして笑う。

「くだらんな。常人に見えんというだけで、あの程度のものはそこら中に幾らでもいる。染みついた汚れのようなものだ。取るに足らない雑霊よ」

「……なんとかしようとしたんです。ぼくがどうにかしなくちゃって。でも、何もできなかった。怖くて、恐ろしくて。だから見て見ぬふりをしたんです」

こんな結末になると知っていたら、最初から近づかなければよかった。今までのように祖父の言いつけを守り、何事もないように眼を逸らしておけば誰も傷つかずに済んだかもしれない。

「――小僧。俺は銀のような慰めは言わん。餓鬼を相手に言葉を選ぶような真似もせん。慰めて欲しいのなら他を当たれ」

傲慢で高圧的な態度に萎縮する。それでも同じ世界を視ることのできる相手であることに変わりはない。栞がこんな話ができる相手は、もうこの世に二人しかいなかった。

「貴様のような小僧はな、腐るほど見てきた。戦う前から逃げる理由ばかりを並べ立てる。特に今の時代はそれが顕著だな。なんの力もない、ただの凡骨が万能感を持ったまま大人になり、現実に打ちのめされて被害者面をする。小僧、貴様もそういう人間の一人になるつもりか？」

難しい言葉の羅列。その殆どが栞にとっては意味が分からないものだったが、叱られていることは理解できた。

同時に分かったことがある。窮奇は確かに栞の身は守るだろう。だが、その周辺にいる人間への被害など最初から勘定に入っていない。極論を言ってしまえば、どれほどの惨事が起きようとも栞さえ無事ならば構わないのだ。

自分のせいで無関係の誰かが傷つくのが許せなかった。さっきのようなことが、これからも生きていく限りは続いてしまうに違いない。

「……ぼくにもできることはありますか？」

窮奇は栞の問いかけに笑みを深めた。優しく見守るようなものではない。もっと傲慢で不遜な笑い方だった。

「やり方は教えてやろう。だが、習得できるかどうかは貴様次第だ」

栞は頷いてから、ぐい、と胸を張った。唇を噛み締めて涙が出てくるのを懸命に堪える。

「お願いします」

頭を下げた栞を窮奇は睥睨《へいげい》して、やがて片手で抱き上げる。祖父がしてくれていたのとはまるで違う。優しさの欠片もない、荷物のような雑な扱いに驚いた。

急に視線が高くなり、悲鳴をあげそうになる。

「小僧に付き合うのも一興か」

栞が窮奇に声をかけようとした瞬間、真下に強く引っ張られる感覚が襲いかかり、思わず瞼を強く閉じた。浮遊感と圧力に、必死に窮奇の首元へしがみつく。

激しい風圧から、窮奇が何処かへ跳躍したのだと感じ取った。轟々と耳元で聞こえる音が恐ろしい。いったい何処まで跳んでいるのか。

どん、と窮奇が前のめりに着地したかと思うと、首根っこを掴まれて下へ降ろされる。

恐る恐る瞼を開くと、目の前には朽ちかけた古いトンネルが大きな口を開けていた。吹き込んでくる風のせいか、まるで闇の中から声が聞こえてくるようだった。今は使われていないのか、罅割れた道路の隙間からは雑草が伸びていた。

「この辺りで一番大きな吹き溜まりだ。こういう有象無象が自然と集まる場所では当然、人も死に易くなる。このトンネルもそういう理由で廃れたのだろう」

窮奇の視線の先には花瓶と枯れた花、供え物の残骸が幾つも転がっていた。

栞がトンネルを覗くと、長く暗い薄闇の奥に反対側の光が見える。

「小僧。魂魄《こんぱく》という言葉を知っているか」

栞が首を横に振ると、窮奇は足元の枝を拾い上げて地面に『魂魄』と達者な字を書いてみせた。

「あらゆる生き物は陰と陽の気を併せ持つ。陰陽の二気のうち、陽気は魂といって精神を司り、陰気は魄といって肉体を司る。人の死後、魂は天へ向かうが、魄は地上に留まる。特に無残な死を迎えた人間の魄は鬼、すなわち死霊となって害を成す」

「でも、肉体が魄なら火葬されますよね。どうやって留まるんですか？」

「肉体そのものが魄ではない。肉体を動かさんとするエネルギーを魄と呼ぶんだ。器が死した後も消えずに留まる、器の形を模したもの、と言えば伝わるか」

魂魄という言葉の意味を知り、栞は自分の胸にそっと手を当てた。

「死霊は人の魂を求めずにはおれん。――貴様の魂は常人のそれよりも遙かに大きい。光に羽虫が集まるように、貴様はこれから先、死ぬまで妖魔から命を狙われ続ける」

窮奇から心底楽しげな笑みを向けられて、ハッとなる。

「じゃあ、お爺ちゃんの魄も、まだ何処かにいるんですか？」

栞の問いに窮奇は虚を衝かれたような顔をして、それから喉を鳴らして笑った。

「初めに問うのが己のことではなく、死んだ祖父のことか。——未練があれば何処かを彷徨っているかもしれんな」

その言葉に力が湧いてくるようだった。最後に一目だけでいいから会いたい。

「では、小僧。貴様はこれから一人でこのトンネルを進め」

死者の巣窟とでも言うべきトンネルを前にして、思わず息を呑む。

「……ここを、一人で」

「身を守る術を基礎だけ教えてやる。なに、難しいことではない。——まず、眼を逸らさないことだ」

「でも、お爺ちゃんはいないふりをしろって。相手にしたら危険だって」

祖父や母の教えとは正反対の方法に戸惑う。

こちらが視ないふりをするからこそ、今まで死霊をやりすごしてこられた。いないものとして振る舞うことで襲われないでいられたのだ。

「逃げ回る時は有益だろうな。また誰かに守られる方を選ぶと言うのなら、それはそれで構わんが」

見下ろしてくる窮奇のその目を見て、試されている、と栞は感じた。栞自身がどんな反応をするのか、何を選び取ろうとしているのかを観察しているようだった。

「恐れは死霊の陰気を増大させる。己の陰陽を和合する術を覚えろ。そうすれば小物くらいは退けられる」

栞の背中に窮奇が後押しするように触れる。鋭い爪が背骨にちくりと刺さるようだった。ぐるる、と獣じみた唸り声が耳元で聞こえる。そっと横を伺い見ると窮奇の瞳が夜の肉食獣のように輝いていた。

「力を抜いて、眼を閉じろ。——調息《ちょうそく》、呼吸は丁寧にやれ。二深く吸って、一浅く吐く」

低く腹の底に響く声の通りに瞼を閉じ、呼吸をする。

「古い気を吐き出し、新しい気を身体に取り入れることを忘れるな」

教わった呼吸を、二度、三度と繰り返す。その度に窮奇はタイミングを細かく指示した。

「脳という種から神経という根が伸びて、肉体という土に縦横に張り巡らされていることを意識しろ」

栞は脳や神経がどういうものか漠然とは知っていたが、具体的なイメージはついていなかった。しかし、植物の種が発芽し、根を地中に伸ばしていく様子は授業で習ってよく覚えている。

「頭、背骨、腰を貫く太い根があり、そこから手足の先端へと細かく枝分かれしながら進んでいく。その根が身体に走る道となる。そこへ呼吸で得た気を送り込め」

習った呼吸を繰り返しながら、身体の中に張り巡らされ、枝分かれしていく根を想像する。呼吸をする度に身体の隅々まで道が伸びていくような気がした。

「なんだか身体が温かくなってきました」

「悪くない。これを常に繰り返せ。根が伸びれば血肉たる土もまた増える。成長すれば魄も魂に見合うものとなるだろう。——ここからが仕上げだ」

窮奇が栞の頭へ掌を乗せる。そして、ちょうど頭頂部にある髪を数本摘まみ上げた。

「凡俗共は忘れている、己が何処から来たのかを。天との繋がりを思い出せ」

「天？」

「呼び方なんぞどうでもいいがな。空高くに在るものと己を結びつけろ。母の胎と繋がっていた臍の緒のようなものだ」

不意に額に熱を感じた。それは栞には光のように眩しく感じられたが、その熱はゆっくりと頭から背骨を通って全身へと広がっていく。

「あつい」

「小僧、そのまま額の眼を開けてみろ」

「なんですか？　それ」

「二つの眼と共に額で感じ取れ」

栞には難しいことは分からない。なので、その通りにイメージした。両眼と共に額の中央にある瞼を開くと、思わず声が漏れた。

「うわぁ」

視界に映る、ありとあらゆるものが輝いていた。チカチカと瞬くように極彩色を放っている。夜光虫のようなものが辺りを漂い、暗いトンネルの中にも様々な色の光が浮遊していた。

慌てて額に指で触れてみるが、もちろんそんな場所に瞳などない。

「不要なものまで視えるだろうが、じきに慣れる。貴様らが忘れているだけで、これは誰の中にでもある力だ」

とん、と窮奇が軽く栞の背中を押す。

「先に言っておくが、まだ魑魅魍魎の類を遠ざける程度の術でしかない。本来、人は妖魔や死霊を退治できるような存在ではないことを忘れるな。——トンネルの奥まで進んで戻って来い」

「はい」

拳を握り締めて呼吸をやめないよう意識しながら、薄暗い朽ちかけたトンネルの中を一人で進む。

日光の殆ど差さない薄闇の中だというのに、異常なほど中の様子が細部までよく視える。視力に因らずに視えている状況を、特に疑問にも思わずに受け入れていた。

顔を背けて眼を逸らそうとしてきたこれまでよりも、鮮明に視える今の方がむしろ恐怖を感じないのが不思議だった。

壁際に膝を抱えて蹲るスーツ姿の男がいる。全身が濡れそぼっていて、足元には血溜まりが広がっていた。後頭部が赤く割れている様子からして、きっと事故で亡くなってしまったのだろう。

不意に、男が勢いよく顔を上げた。黒い洞のような眼窩が栞のことを恨めしそうに見ている。――この男も亡くなる前は自分と同じ生者でしかなかった。

額を通じて何か大きなものと繋がっている感覚が、目の前の死者が特別なものではないのだと告げている。生の延長、地続きにある存在なのだと分かったような気がした。

老若男女、様々な死者たちが彷徨っている。彼らは栞の方へ縋るように顔を向けるが、そのまま微動だにしない。

トンネルを抜けてしまうと、その向こうには森に呑み込まれた道が続いているが、もう二度と車が往来することはないのだろう。

踵を返してもう一度、トンネルの中を進んでいく。

来た時よりも、帰り道の方がずっと短く感じられた。

「上出来だ」

「……この人たちは、ずっとこのままなんですか？」

「地縛霊とはそういうものだ。土地に縛られた魄が気の遠くなるような年月を彷徨い続ける。こういう場所は特に悪い。祭祀もされず、顧みられることもない」

窮奇はそう吐き捨てるように言ってから、早々に踵を返す。

栞は何か言おうとしたが、結局言葉を呑み込んだ。いつかまたここを訪れる日が来る。誰かに伴われてではなく、自分一人の足で。

願わくば、彼らを解放する術を覚えて。

必ずそうするのだ、と誰に言うでもなく誓った。

三

白銀が家へ戻ってきたのは、ちょうど陽が山の稜線の向こうへ沈んだ頃だ。

徒歩で帰ってきた白銀は庭先で炭を熾している窮奇の姿を、なんとも言えない顔で眺める。およそ信じられないものを見るような、呆れるような視線に窮奇が眉間に皺を寄せた。

「なんだ、その顔は。文句でもあるのか」

「まさか。物珍しい姿を見たものでね。存外様になっているじゃないか」

苦笑しながら庭石に腰を下ろす。上着から煙草を取り出そうとして、思い出したように止めた。

「煙草が吸えないのは味気ないな。どうにも口寂しくていけない」

「ふん。そんなことよりも知らん奴が訪ねて来ているぞ。小僧とは顔見知りのようだが、口喧しい奴だ」

「なるほど。なんの用件で？」

「猪肉を持ってきたらしい。そのためにこうして火を熾している」

面倒なことだ、と不機嫌そうに言うが、まんざらでもない様子だった。

「そういえば彼に手ずから修行をつけてやったようだね」

「……使い魔を通して覗き見とはな。相変わらず趣味が悪い」

窮奇が視線を微かに動かすと、上空を一羽の鴉《カラス》が悠然と旋回していた。

「こちらも保護者なのでね。多少のことは仕方がない」

「それで？　遊びに出かけていた訳じゃなかろう。収穫はあったのか」

「いいや、それが全く。肝心の事故現場にも足を延ばしてみたが、どうやら相手は生半可な妖魔ではないね」

「ほう。根拠は？」

白銀はポケットから壊れた懐中時計を取り出して見せた。文字盤が黒く焼け焦げ、針が熱で溶けたように捻れている。

その様子に窮奇が獣じみた笑みを浮かべた。

「面白い。これほどの呪具が自壊するのか」

「師匠でも荷が重い相手というのは俄には信じられないがね。だが、実際に手持ちの呪符二千枚は使い果たしているし、数千万は下らないほどの貴重な呪具も使い捨てている」

「一方的な蹂躙でなかったというだけで、術士としては破格だろう」

「……それでも、間に合わなかったことが悔やまれるよ」

髪を掻き上げて珍しく苛立ったようにそう溢した白銀を見て、窮奇が可笑しそうに口元を歪める。

「それほどのものが残っているとは思えん」

「ああ。この国では強大な妖魔は神となり奉られる場合が殆どだ。今回のはよそから流れてきたか、古《いにしえ》の封が解けたと考えるべきだろうな」

「どちらにせよ年を経たものほど老獪だ。力で訴える時には最低限で済ます」

楽しげに喉を鳴らす窮奇を、白銀は鋭く睨みつける。

「それを、お前が言うのか」

「当然だ。獣の縄張りに足を踏み入れれば喰い殺される。それが摂理というものだろう」

二人の間に危うい緊張が走った瞬間、縁側の障子が音を立てて開いた。

「おかえりなさい。白銀」

あどけない声に張り詰めた空気が一瞬で弛緩し、どちらからともなく視線を逸らした。

「……興が削がれたな」

「お前は命拾いしたと言うべきだろ」

白銀は立ち上がって、縁側で手を振る栞に応える。

「ただいま。どなたかいらっしゃっているのかな」

「お爺ちゃんのお友だちです。坂の下に住んでいる、椎葉《しいば》さん」

縁側に面した座敷の奥にある台所に、一人の長身の若い男が背を向けて立っていた。

「師匠のお友だちと言うには、随分と若く見えるね」

「将棋友だちなんです」

白銀が沓脱で靴を脱ぎ、縁側に上がったところで栞が台所へと転ぶように走っていき、その後ろ姿にしがみつく。よほど普段から慣れ親しんでいるのだろう。予想だにしていなかった栞の様子に、白銀は苦笑せずにはいられなかった。

「椎葉さん、椎葉さん。白銀が帰ってきました」

「こら、栞。包丁を握っとる時にしがみつくなと何べん言うたら分かるんや」

困ったように笑いながら包丁をまな板の上へ置いて振り返ったその男は、白銀を見て頭を下げた。三十代手前ぐらいだろうか。短く刈り上げた頭髪、いかにも肉体労働者といった様子の無駄のない筋肉質な体つきに、日焼けした健康的な肌をしている。

「ああ、どうも。下の家に住んどります、椎葉桔平《きっぺい》といいます。いや、この度はご愁傷様でした。お悔やみを申し上げます」

「ご丁寧にありがとうございます。白銀と言います」

「白銀さんのことは爺さんから何度か伺っていました。えらい自慢の弟子だとか。海外に修行に行っとったんでしょう？」

人懐こい笑みを浮かべて傍らの栞の肩に手を乗せる。その一挙手一投足から目を離さないまま、白銀は穏やかに頷いた。

「ええ。まあ」

「いや、すごいな。白銀っていう名前。それって本名ですか？」

「役者名のようなものです。以後、お見知りおきを」

見れば台所の大きなまな板の上で、肉の塊を切り分けている最中のようだ。

「ああ、冷凍しちょった猪肉が傷んでしまう前に食っちまおうと思いましてね。うちの年寄りと二人じゃどうにもならんもんで」

「猟師をしていらっしゃるんですか？」

「冬の間だけですわ。普段は工務店で働いちょるんです。ここ最近は仕事で新潟の方に行っとったもんで、爺さんが亡くなったっち近所の人から聞いて驚きました。将棋友だちやったんですよ」

「そうでしたか」

「白銀さんのような方がいてくれてホンマによかったって思っとるんです」

竹を割ったような性格の男だ。嘘をついている様子はないし、栞もよく懐いている。

「夕飯までもう少しかかりますんで、ゆっくりしちょってください」

そうしてまた肉の解体を始めた椎葉に背を向けて、白銀は着替えるために自室へと戻っていった。

◇

作業の邪魔だと言われて、栞は仕方なく庭に出ておくことにした。

物心がついた頃には、椎葉は当たり前のように将棋を指しに来ていたように思う。母とも仲が良く、歳の離れた従兄弟のような存在だった。出張で地元を離れることも多かったが、帰ってくれば必ず祖父の元へ顔を出していた。

庭へ下りると、炭熾しが終わったのか、窮奇が庭から城の方を眺めている。

「窮奇」

声をかけると、いかにも不機嫌そうにこちらを振り返る。

「……なんだ。今度は」

「用はありません。ただぼくも庭に来たくて」

栞は駆け寄ると、窮奇の傍らに立って古びた城を眺めた。灯りの点いた民家の向こうに聳え立つ城は、こうして見るとこぢんまりとしている。

城下で生まれ育った人間は、この城が常に視界の中にある。城があるのが当然で、城のない町など想像することもできない。

「ぼく、お城が好きなんです。なんでこんなに好きなんだろうって、よく思ってました」

「吹けば飛んでいきそうな小城だな」

「でも、思うんです。あのお城にも魂魄があるんじゃないのかなって」

窮奇の話を聞いてから、自然とそう思うようになった。人間だけではなくて、長く使われてきた道具や、建物にも魂魄が宿るような気がする。

「……なぜそう思う」

「お城はもう誰も使っていないし、建てた人だってもういません。でも、今もこうして沢山の人に愛されていて、お城のことを思っている人が沢山います。それはお城を建てた人や、歴史が尊いものだとみんなが大事にしているからでしょう？　だから、魂も魄もあるんだろうなって」

そう思うんです、と答えた。

窮奇は何も答えない。そうだとも、違うとも言わなかった。

しばらくして、着替え終わった白銀がやってきた。オーバーサイズのシャツとゆったりとした黒いズボンの組み合わせがよく似合っていた。

「やれやれ。流石にくたびれたな。故郷とはいえ、やはり一日中出歩くのは疲れるよ」

そう言って持ってきた缶ビールの一本を窮奇へ投げた。

大きな欠伸を一つしながらプルタブを開けて、ビールに口をつける。

「あー、生き返るような気持ちだ。やっぱりビールは母国のものに限る」

「麦酒か」

窮奇が怪訝そうに言ってから、爪で下の方に穴を開けると、缶を握り締める。勢いよく吹き出た中身をあっという間に飲み干すと、ぺろりと唇を舐めた。

「ふん。悪くないな」

「世界最高峰の麦酒だぞ。もう少し味わって飲んだらどうだ」

「味はともかく量が足りんな。もっと持ってこい」

「夕飯まで待てないのか。――それよりも今のうちに今後のことを話し合いたい。栞もいいかな？」

「はい」

「ありがとう。まず師匠を殺めた妖魔についてだが、奴の痕跡は途中で完全に消えていた」

「残穢は？」

窮奇の問いに白銀は首を横に振る。缶ビールの縁を指で撫でながら、困った様子で眉を顰める様子はいかにも疲労していた。

「……全くなかった」

「ざんえ？」

小首を傾げる栞に白銀が温和に頷いた。歳の離れた弟にどう簡単に教えてやるか、といった顔で少し考えてから口を開く。

「この国には穢れという考えがある。怨念や憎悪と同じようなものだと思っていい。それらは病原菌のように触れるとうつるとされた。そして土地や物にもうつる。つまり人が死んだ場所や、殺した人間にも穢れが残るのさ」

「それって消えないものなんですか？」

「いや、力のある神職が神事を行えば穢れを祓うことはできるとも。或いは高位の存在がいれば焼き切れる」

栞は鉄鍋についた焦げつきを祖父が焼き切っていた時のことを思い出した。

「消える方が珍しいってことですか？」

栞の問いに、白銀は困ったように眉を寄せた。

「そういうこと。本来、妖魔を追いかける上で重要な手掛かりなんだ。それが一切見つからないというのはとびきり異常なことさ」

殆どの人には見えない妖魔なのだから、何も不思議なことではないように栞は思ったが、どうやらそれらにも破ることのできない法則のようなものが存在するらしい。

「銀。これからどうするつもりだ」

「当初通りさ。一から師匠の足取りを追うつもりだよ。栞、師匠が亡くなる前の数日間のことを思い出せるかい？」

「えっと、取材に出かけていたと思います」

作品の取材のために早朝から遠方へ出かけていくことは珍しいことではなかったが、それでも栞が一人きりにならないように必ず陽が暮れる前には帰宅していた。

「何かいつもと違う様子はあったかい？」

「いえ、何も……ごめんなさい」

本業が小説家ということもあり、まことしやかな話をつらつらとされて、いつのまにか煙に巻かれてしまうのが常だった。いったいどこまでが嘘で、どこまでが本当だったのか。今となっては知る術もない。

「やれやれ。実に師匠らしいね。人にはあれこれ訊いてくる割に、肝心なことは何一つ話そうとしないんだ。何もかも一人で背負い込もうとする」

栞は何か手掛かりはないだろうか、と頭を捻ってみたが、すぐには思い浮かばない。他ならない自分のために、ここまでしてくれている二人の力になりたかった。

懸命に考えているうちに、あるものが脳裏を過った。何処へ行くにも持ち歩いていた、あの分厚い革の装丁の感触が蘇る。

「……手帳」

「ん？」

「お爺ちゃんがいつも持っている手帳がありました。あの手帳に何か手掛かりがあるかもしれません」

栞の言葉に白銀が眼を輝かせた。行き詰まっていた暗い道に一筋の光が差したようだった。

「ああ、そういえば師匠はそんなものを持ち歩いていたね」

思い出したよ、と白銀が独り言ちる。

「どんなものか分からないので、もしかしたらなんの意味もないかも」

しかし、祖父は決して栞の手の届くような場所に手帳を置いたりしなかった。普段、いったい何処に保管していたのかも知らない。

「事故現場に手帳はあったのだろうか？　何か聞いているかい」

「ぼくは何も。伯父さんが全部してくれたんだと思います」

「なるほど。彼が遺書を何処で手に入れたのかと思っていたが、手帳に挟んであったのか」

遺書。

それが何処に保管されていたのかなんて栞は想像もしていなかった。高齢であっても祖父が自分を置いて死ぬ訳がないと思い込んでいた。けれど、祖父にとってはいつ訪れてもおかしくないその時のための、日常の備えだった。

風に煽られた炭が音を立てて火花を散らす。

「きっと自分に何があっても栞のことを守ってあげたかったんだろうね」

目頭が熱くなり、唇を噛み締める。

そうして涙を堪える栞の肩を、白銀が励ますようにぽんと叩いた。

「明日にでも伯父さんの元を訪ねてみるとしよう」

それから、と白銀は一瞬だけ表情を曇らせ、困ったような顔をして続ける。

「栞には暫く学校を休んで貰う」

「学校を？」

「考えていたよりもタチが悪そうだからね。万が一にもクラスメイトや学校の関係者に被害が出たら嫌だろう？」

「……はい」

「大丈夫、すぐにまた通えるようになる。それまでは窮奇と留守番を頼むよ」

窮奇から教わった死霊を退ける技があっても、学校の何処かで誰かが襲われるかもしれない。そう思うと、とても登校する気にはなれなかった。

「あの、でもせめて伯父さんのところへぼくも連れていってください」

足手まといになるのは百も承知だ。しかし、家で窮奇に守られながら白銀の帰りを待っているより、自分を嫌いにならずに済む。

白銀は困った様子で首を横に振るが、その肩を窮奇が掴んだ。

「好きにさせてやれ。小僧一人くらい足手まといにもならんだろ」

「私は危険だと言いたいんだ」

「だからこそ全員が固まっているべきだ。そうすれば守ることも逃がすことも容易い」

「お願いします」

二人の言葉に白銀が降参したように両手を上げる。

「そこまで言うのならば、いいさ。ただし、眼を逸らしたくなるようなものを見るかもしれない。それは師匠が孫の君にはまだ見せまいとしていた部分だ」

「かまいません」

祖父がこれまで身を置いていた世界。自分の代わりに立ってくれていた場所に自分も立つのだと思うと、不思議と恐ろしいとは思わなかった。

縁側の障子が開いて、椎葉が庭へ向かって手を振る。

「分かっていると思うけど、椎葉さんには内密にね」

栞は小さく頷いてから立ち上がると、縁側へと小走りに駆けていく。

椎葉の持ってきた大量の猪肉は、その殆どが窮奇の腹に収まってしまった。

呑み込むように肉を食べる窮奇を、椎葉は終始呆然とした様子で見ていた。

第三章　春愁

一

朝、目覚まし時計が鳴るよりも早く目が覚めた栞は、寝惚け眼を擦りながらゆっくり身体を起こすと、もぞもぞと布団を畳んで押し入れへ片付ける。それからアラームを切って、パジャマを着替えてから廊下へ出た。

しん、と家の中が静まり返っている。白銀も窮奇も昨夜は椎葉と共に沢山お酒を飲んでいたようだから、まだ眠っているのだろう。

朝の冷気で凍りついたような廊下を早足で洗面所へ向かう。

踏み台に乗って冷水で顔を洗い、歯を磨く。

水を口に含んでゆすいでから、ぺっと吐き出す。前に勢いが強すぎて、抜けかけていた歯が洗面所の排水口へと落ちてしまったことがあった。

口元を拭ってから、タオルを新しいものに交換しておく。

それから玄関へ向かい、祖父のサンダルをつっかけて鍵を外してから戸を開ける。

新聞を毎朝郵便受けから回収し、居間の机に置くまでが日課だったが、その先にあった筈の祖父の姿は、今はもうない。

洟を啜りながら、郵便受けから新聞を取って玄関へ戻った。

今度は仏間へ向かい、仏壇の線香にマッチで火を点し、香炉にそっと立てる。祖母と母の位牌の隣に、真新しい祖父の位牌が並ぶのは悲しいものがあったが、きっと皆、寂しくはない筈だ。

「今日も一日がんばります」

瞼を閉じて合掌する。

やがて栞は立ち上がって、静かに仏間を出て行った。

廊下へ出ると、不意に視界の端を誰かが横切る。

「え？」

ほんの一瞬だけ視えたのは、赤い服を着た女の人だった。

玄関の方へと消えていったようなので、とりあえずそちらには行かないことにする。

「落ち着いて。呼吸を忘れない」

背筋を伸ばしてから台所へ向かうことにした。

台所の蛍光灯を点けて、さっそく朝食の支度を始める。

家のことは大人である自分がするから子どもの時間を大切にしなさい、と祖父は日頃から言っていたが、単純に料理を作るのは楽しかった。材料を切り分けて、調理をして、美味しいものになるというのが堪らない。慣れてしまえば、それほど難しいとも思わなかったし、なにより美味しいと言ってくれる祖父の顔が好きだった。

冷凍庫から塩鮭を取り出してグリルへ入れ、味噌汁のための湯を鍋で沸かす。ご飯は昨夜のうちに炊飯予約を入れておいたので、きちんと炊き上がっていた。

油揚げの油抜きをして、味噌汁用に切っておく。

小松菜を洗って包丁で切り分け、沸騰した鍋に顆粒だしを入れてから軽く茹でていく。その間に箸やコップを食器棚から取り出して居間のテーブルへ運んでいると、障子が開いて寝間着姿の白銀が現れた。

「……すまない。寝坊してしまった」

髪に寝癖がついている。おまけに瞼が殆ど開いていない。

「おはようございます。大丈夫ですか?」

「……飲み過ぎてしまった。……うう、顔を洗ってこよう」

ふらふらと洗面所の方へと向かう白銀を見届けて、すぐに台所に戻る。

鍋の中の具材に火が通ったのを確かめてから火を消して、味噌を溶かせば味噌汁の完成だ。

冷蔵庫から取り出した漬物を居間へ持ってきてから、窮奇をどうすべきか考える。できれば一緒に食べたいが、起こしに行っても良いものだろうか。

とりあえず様子を見に行こう、と窮奇が寝起きしている座敷へ足音を立てないように近づいていくと、低い地響きのような音が廊下まで聞こえてきた。

障子を引いて中の様子を窺う。

「窮奇？」

座敷の壁にもたれかかり、膝を立てて眠る窮奇の姿に栞は驚いた。布団が押し入れに入っていることは伝えてある。

敷居を踏むと、足下で木の軋む音がした。

「……小僧か」

薄暗い座敷の奥で、琥珀色の瞳が灯る。

「ごめんなさい。——起こしましたか？」

いいや、と唸るように言ってから立ち上がると、重みで畳がみしりと音を立てる。

「腹が減ったな」

昨日の夜、あれだけあった肉の山を殆ど一人で平らげておきながら、もう空腹だと言う窮奇に栞は開いた口が塞がらない。念のために三人分作ったが、本当に食べるだなんて思いもしなかった。

「お酒、大丈夫ですか？　白銀はすごい顔だったから」

窮奇が喉を鳴らして笑う。

「あの戯《たわ》けめ。また飲み過ぎたのか」

廊下へ出てから鼻をひくつかせて、今度は満足そうにふん、と鳴らした。どうやら鮭を焼いている匂いを嗅ぎ取ったらしい。

居間へ戻ると、卓袱台に肘をついた白銀が青ざめた顔で頭を抱えていた。それは栞の祖父が二日酔いで苦しんでいる姿そのもので、懐かしくさえある。

急いで冷蔵庫へ麦茶を取りにいき、コップに氷を入れてからなみなみと注いで白銀の元へと持っていく。

「白銀。沢山飲んでください」

「栞、ありがとう。すまないね」

窮奇が反対側へ腰を下ろして、心底呆れた様子で白銀を睨みつける。

「無様だな」

「……返す言葉もないよ」

二人のやりとりを眺めてから、栞は台所へ戻ることにした。

焼き上がった塩鮭を火傷しないように皿へ移し、味噌汁を温める。白米を茶碗によそってから盆に載せて、居間の卓袱台へ一つずつ並べていく。

「すまないね。手伝えなくて。――そうだ。明日からは弁当か何か買って帰ろう。子どもに家事をさせるなんてやっぱり師匠に申し訳が立たない」

白銀の申し出に、栞は首を横に振った。

「お掃除も洗濯も自分でできます。料理だって好きだからしているんです」

気にしないでください、と告げてから座布団の上に腰を下ろす。三人分の朝食が並ぶ食卓を眺めると、なんだか久しぶりに『いつもの朝』を迎えることができたような気がした。

「お米だけは沢山あるので、おかわりが欲しかったら言ってください」

いただきます、と手を合わせてから箸を取る。

栞がおかずと白米を満遍なく食べ進めるのに対して、白銀は感じ入った様子で味噌汁ばかり啜っていた。

「美味しいですか？」

「ああ。とても美味しいよ。アルコールに浸かった頭が冴えてくるようだ。師匠がよく『二日酔いには味噌汁が一番だ』と話していたけれど、今ならその気持ちがよく分かる」

ゆっくりと噛み締めるようにして食べている白銀とは対照的に、窮奇はとにかく一口が大きい。焼き鮭は一口、茶碗一杯分の白米をたった二口で食べてしまった。味噌汁も麦茶のように一息に飲み干す。

「足らんな」

そう言うと、のそりと立ち上がって台所へ向かい、炊飯器と味噌汁の入った鍋を持って戻ってきたかと思うと、炊飯器から釜を取り出して当然のようにそのまま食べ始める。

味噌汁も鍋に直接口をつけて、あっという間に飲み干してしまった。

漬物のタッパーの蓋も外して、中身を全て口の中へと放り込んでいく様子は大型の動物のようだ。

栞がぽかんと口を開けて呆然としている間に、窮奇は全てを平らげた。

「まぁ、悪くはなかったな」

そう言って立ち上がって、縁側の障子を開けて庭へ下りる。そのまま何処かへ行ってしまったようで、足音が遠ざかっていく。

「え？　何処に行っちゃったんでしょう」

「大丈夫だよ。日課の散歩に出かけただけだから。放っておいていい。なに、猫の見回りのようなものだから悪さはしない。そのうち戻ってくる」

猫というよりも虎、と栞はそう思ったが、虎も猫のように自分の縄張りの見回りなんてするのだろうか。

「白銀は窮奇とどれくらい一緒にいるんですか？」

栞の問いに白銀が味噌汁から顔を上げて、なにやら思案顔で思い返し始めた。

「そうだね。だいたい四年くらいかな。あれでもね、かなりマシになった方さ。最初の頃は本当に酷くてね。名前をまともに呼ぶようになるまで一年以上かかった」

そう言って小皿に残った青菜の漬物を囓った白銀が嬉しそうに目を輝かせた。

「ああ、懐かしい。師匠の漬物の味だ」

「お爺ちゃんと二人で漬けたんです。まだ樽の中に沢山あります」

塩と鷹の爪と一緒に漬けた青菜は祖父と母の大好物だった。疎遠になってしまった親戚たちも、この漬物を食べて育ったのだろうか。

「これさえあれば他には何も要らないね」

時計に目をやると、いつもならそろそろ登校の準備を始める時間だった。

「学校に行きたい？」

栞は正直に答えるべきか悩んだが、やがて小さく首を振った。白銀を相手に嘘などついても仕方がない。こちらの考えていることなど手に取るように分かるのだろう。

「なんだか悪いことをしているような気がするんです。他のクラスメイトがみんな学校に通っているのに、自分だけズル休みをしているみたいで」

「担当の先生には私の方から電話しているから大丈夫だよ。それに学校にいても事態は解決しない」

白銀の言葉に栞は頷くことしかできなかった。

「朝食を終えたら支度を済ませて出かけよう」

「でも、平日だから伯父さんは仕事かもしれません」

「その時は奥さんを説得するしかないね。大丈夫、心配はいらない。こう見えて説得は得意なんだ」

きっとまた暗示をかけてしまうつもりなのだろう、と栞は思ったが、口には出さなかった。他ならぬ自分のためにしてくれているのだから、やり方に注文をつけるのは気が引けた。そもそも話し合いが通じる相手ではないことはよく分かっている。

不意に、廊下を誰かが小走りで駆け抜けていった。

「白銀、今の……」

突然の出来事に驚いていると、白銀が立ち上がって廊下の奥へ視線を投げる。

「ふむ。やはり私の結界では師匠のようにはいかないね。どうにも屋敷の周りに死霊が多い。先にこちらからどうにかしないとね」

白銀はそう言って戻ってくるなり、残りをささっと片付けてしまった。

「ご馳走様。とても美味しかった」

そういって再び立ち上がる白銀の後に栞も続く。これから何をするのか、興味があった。

「上の池に行くけど、ついてくるかい？」

「良いんですか？」

家から坂道を上がっていった先に古い池がある。祖父からは近づかないよう言われていたので、殆ど見たことがなかった。

「構わないとも。そもそもここは君の屋敷だ。敷地に何があるのか、一度見ておいた方がいい」

玄関で靴を履いて表へ出ると、眩しい朝陽とは裏腹に空気は吸い込むのが躊躇われるくらい冷たく澄み切っていた。

「暖かくなったと思って油断すると、すぐにこれだ。栞、君は上着を羽織っておいで」

「大丈夫です」

「風邪を引いたら大変だ。ほら、急いで」

栞はこくんと頷いてから、大急ぎで自室から灰色のカーディガンを羽織って玄関へ駆け戻った。弾む息のまま表へ出ると、白銀が城の方を眩しそうに眺めている。

「ここからの景色を見る時が、故国へ戻ってきたのだと一番感じられるよ」

「ぼくも、この庭から見る景色が好きです」

祖父は暇さえあれば庭に出て剪定や植え替えをしていた。花も季節によって異なる花がきちんと咲くようにし、枯れないように心を砕いていた。

「……庭の花や木は枯れてしまいますか？」

「手を入れてやらなければそうなるだろうね。専門の方に管理して貰おう。私もこのまま荒れるに任せてしまうのは忍びない」

白銀の言葉に栞は胸を撫で下ろした。自分がもう少し大人になるまでは、庭を守って貰える。そう思うだけで気持ちが軽くなる。

桜の花々はもう葉桜になってしまったが、他の花はこれからが花盛りだ。

「おいで、栞。坂道で転ばないよう気をつけて。ここは見た目よりもずっと勾配がきついからね」

白銀の言う通り上へ続く坂道は傾斜がきつく、隣を歩く白銀の手がなければバランスを崩して転げ落ちていたかもしれない。

「一歩ずつでいい。急いでいる時ほど足元には注意すべきだ」

坂道は左右に蛇行しながら、茂みの中へと続いていく。薄暗い茂みの奥をじっと見つめると、向こうからこちらを睨み返すような気配を感じて背筋が震えた。

「私と約束して欲しい。一人の時にはここから先へ行ってはいけないよ。本来、私たちの領域はここまでだからね」

頷いてから強く白銀の手を握り締める。

鬱蒼と生い茂る草木に囲まれた一本道。きつい傾斜は慣れてしまえば問題なく歩けるが、酷く気味が悪かった。光が遮られているせいで暗く、空気が澱んでいるような気がした。

「池から下りてこないよう師匠の術がかけられていたんだがね」

呑み込まれないよう、必死で呼吸を整える栞とは違い、白銀は平然と先へ先へと進んでいく。少しも怖がっている様子がなかった。

「白銀は怖くないんですか」

ようやく絞り出した一言に白銀は笑う。

「怖いさ。でもね、何百回と恐ろしい目に遭えば誰だって自然と慣れてくる。そうでなければ続けていけないからね」

そうまでして、どうして妖魔を退治したりするのか、栞には分からなかった。理由を尋ねたいとも思ったが、助けて貰っている自分が聞いていいことではないような気がする。

「ここは古い霊道《れいどう》なんだ。上の池から屋敷の中を通って城の堀まで繋がっている」

「霊が通る道のことですか？」

「そうとも言えるが、通るのは霊ばかりではないよ。様々な呼ばれ方をするが、エネルギーが流れる場所のことを言う。ものすごく簡単に言ってしまえばエスカレーターと同じさ。エネルギーを城に通し、逆に死霊は溜まってしまわないよう、堀から池へと渡していくんだ」

「でも、どうして家の中に道なんて……」

「逆さ。霊道の上に屋敷を建てたんだ。管理会社みたいなものだよ」

この屋敷と土地は先祖代々受け継いできたものだと日頃から聞かされていたが、具体的にどんなことを生業としていたのか、栞は何も知らなかった。

薄暗い茂みに囲まれた道を抜けると、急に視界が開け、眩さに思わず目を瞑る。

そっと瞼を開けると、野原の中に直径十メートルほどの小さな池があった。すぐ傍には柳がしなやかな枝を風に揺らしている。

近づこうと踏み出しかけて、背筋に鳥肌が立った。手や爪先に悪寒が走り、思わず白銀の後ろへと身を隠す。

「栞はここから先へは近づかない方がいいね。でも、その反応は正常なものだ。危険なものを恐ろしいと感じられないことが一番危惧すべきことだからね」

温和にそう言ってから、白銀が懐から一枚の紙を取り出してみせた。長方形の白い紙に、漢字のようにも模様にも見えるものが毛筆でびっしりと書き込んである。

「呪符さ。ほら、キョンシーの額に貼ってあるだろう？」

白銀の言葉に栞は首を傾げた。なんのことを言っているのか、まるで理解できず、なんと返答すべきか困ってしまう。

「え？　知らない？　キョンシー。ほら、ぴょんぴょん跳びながら人を襲う死者だよ。こうやって手を前に突き出して」

言われるがまま想像してみたが、やはり記憶の中にはない。

「……知らない」

ショックを受けた白銀が、酷く落胆した様子で肩を落とす。

「驚いたな。まぁ、簡潔に言ってしまえば呪いを描いた札さ。対象に貼りつけることで効果を発揮する。効果は当然、描かれたものに因るよ。――ほら、あそこを見てごらん」

白銀が指差した先、柳の根元に一枚の黒く変色した呪符が落ちている。風雨にさらされて朽ちかけているようだった。

「あれが師匠の貼った呪符だ。霊道を逆行せず、流れに従って先へ行くよう促す効果がある。そうだね、逆止弁のようなものさ」

そんな仕組みになっていたことを、おそらく伯父たちも知らなかったのだろう。祖父は寡黙な人ではなかったが、話すべきではないと判断したことは悟られないよう徹底していた。

「あまり気にしない方がいい。あの師匠のことだからね。表で、裏で八面六臂の大活躍さ。私も師匠がどれくらい予期していたのか分からない。なにせ得体の知れない爺さんだった」

白銀は苦笑してから、琹にここから動かないよう念を押すように言いつけた。

琹の眼には池の水の色は今まで見たことがないようなマーブル色に映り、とても近づきたいとは思えなかった。――まるで大勢の人間を混ぜ合わせた気味の悪い粘土のように視える。

「こうして滞るのはよくないんだ。あちこちに歪みが出てしまう」

風化寸前の札を摘み上げると、乱暴に丸めてポケットへ放り込む。それから新しい札を柳の幹へと貼りつけた。

「これで大丈夫。もう屋敷へ下りてはこられないよ」

温和に微笑んで戻ってきた白銀、その背中の向こうに朝方見かけた女性がいるのに気づいて栞は凍りついた。

「静かにね」

白銀は背後を振り返ろうともせずに囁くと、その姿が忽然と消える。

ぽちゃん、と音がして池の水面に波紋が広がっていく。よく見ると、池の水は底が透けて見えるほど澄み渡っていた。

「行ってしまっただろう？」

「……はい」

「さて、では戻るとしようか。支度をして出かけないと。窮奇もそろそろ戻ってくる頃合いだ」

伯父の家へ行き、手帳を返して貰い、祖父が追いかけていた妖魔の手掛かりを見つける。

栞の脳裏を、縁側で楽しげに晩酌をしていた祖父の姿が過った。亡くなる前の晩にどんな会話をしたのか、どうしても思い出せない。

「栞？」

「ごめんなさい」

白銀と共に屋敷へと坂道を下っていく。途中、下から上ってくる死者数人とすれ違ったが、彼らは皆一様に俯いていた。眼を逸らしてはいけない、と正面から捉えると彼らはどこか安堵しているようにも視えた。

「恐ろしいかい？」

首を横に振る。

栞には難しいことはまだ分からない。どうして、と思うことばかりだ。それでも自分が視たり聞いたりしたものを、自分の頭で考えなければならない。

「白銀」

「なんだい？」

「……ううん。なんでもないです」

自身がもう少し大きければ。せめて基礎だけでも修得できていれば、何か違っていたのかを問うたところで、祖父は戻らない。白銀は何も言わず、代わりにそっと頭を撫でた。

ぐず、と洟を啜る。

屋敷の方から白銀の名を呼ぶ、窮奇の声が聞こえた。

二

黄色いフィアット五〇〇は軽快なエンジン音を響かせながら、高速道路を滑るように走っていく。

助手席の窓から外を眺めると、青い海をカモメが悠然と飛んでいるのが見えた。

「やれやれ。いつの間にか高速道路が半島まで繋がっているとはね。八年の歳月は馬鹿にできないな」

運転席でハンドルを握る白銀は、いつになく上機嫌に見えた。

バックミラーを覗き込むと、窮奇は少し不機嫌そうにしている。

「八年……。じゃあ、ぼくはまだ一歳か二歳だったんですね」

「そうだね。こういうことを言われると嫌かもしれないが、赤ん坊だった君の世話もしたことがあるよ。師匠が写真を撮っていたから、きっと何処かにある筈だ」

二歳の頃の記憶などない。物心がついたのは、だいたい四歳になるかならないかの辺りで、庭で母と手を繋いで歩いたのが最初の記憶だ。

「お婆ちゃんのことも知っているの？」

「ああ。知っているよ、優しい方だった。穏やかでいつも味方でいてくれた。葬式に行けなかったのが悔やまれるよ」

栞の記憶に残る祖母は確かに温和そうで、微笑みをたやさない人だった。

「君のお母さん以外の兄弟は疎遠でね。帰省しているところを見たことがない。――件の伯父さんのことも話には聞いていたけどね」

「どうしてそんなに仲が悪いんでしょう。親子なのに」

「仲の悪い親子もいるさ。親子や兄弟でも価値観を共有し合えるとは限らない。前提として怪異を視ることのできる眼を持っていたのは、師匠と君のお母さんだけだ。大切な人と同じ世界を共有できない辛さは栞にも分かるだろう？」

「……うん」

その差異に苦しむのが片方ばかりではないということは、栞にも分かるような気がした。伯父たちからすれば、自分の生まれた家は安心できる場所ではなかった。それはとても辛いことだろう。

「まぁ、それらを差し引いても、あの親戚連中は酷い」

栞からすれば、もう終わった話だ。あまり会いたくはないが、忘れられないほど恨んでいる訳でもない。——ただ、埋まることのない溝を目の当たりにした悲しみは、当分消えそうになかった。

「栞。一度、休憩を挟もうか。座ったままでは辛いだろう？」

「平気です」

栞がそう答えた瞬間、座席の間から窮奇がぬっと顔を出した。

「腹が減った。銀、一度何処かで何か食わせろ」

朝食を食べてから一時間も経っていないのに、もう空腹だと言うので栞は心底驚いた。五合炊いた白米を殆ど一人で食べたのに。

「おい。小僧も何か食べておけ」

有無を言わせない迫力で言われて、思わず頷いてしまう。

「やれやれ。つくづく燃費が悪いな」

「俺のせいではない。一度に食える量が少なすぎるこの体が小物なんだ」

窮奇の一言に、車内の空気が一瞬で張り詰めた。ハンドルを握る白銀の表情は変わらないように見えるが、目が笑っていない。

「不満があるのなら出て行けばいいだろう？」

「それができれば苦労はない」

窮奇が腹の底に響く唸り声をあげる。

限界まで引き絞られた弓が目の前にあるようだった。一触即発の車内で、栞は拳を握り締めて唇を噛む。

「……喧嘩しないで」

絞り出したような幼い一言に二人が気勢をそがれた。

「すまない。喧嘩をしているつもりはなかったんだが、怖がらせてしまったかな」

「いつもこんなに喧嘩ばかりしていたんですか」

「まさか。たまたま意見が衝突しただけさ。普段はもう少し穏便に済ませる」

白銀は誤魔化すように笑い、同意を求めるように窮奇へ視線を投げた。しかし、窮奇は首を横に振り、依然として鋭い視線を投げ返す。

「殺し合いだ。喧嘩などと生易しいものではない」

「……まぁ、私たちにも色々と事情があるのさ」

その事情を教えるつもりがないことぐらい栞にも分かる。しかし、それでも目の前で二人がいがみ合っているところは見たくない。

「殺し合いも喧嘩もしないでください。……それとトイレに行きたいです」

分かった、と返事をした白銀がハンドルを切って、車はパーキングエリアへと入っていった。平日の朝ということもあり、駐車場は混み合っていない。

栞は注意深くドアを開けて助手席から降りると、ぐい、と手足を大きく伸ばした。

「俺は食い物を見繕ってくる。小僧は小便を済ませておけ」

窮奇がそう言うと、周囲を威嚇しながら店内へと入っていった。窮奇の威容に周囲にいた人々が蜘蛛の子を散らすように遠ざかっていく。

「すまない。恥ずかしいところを見せてしまったね」

怖かっただろう、と白銀は心苦しそうな様子で頭を掻く。

「ごめんなさい……。事情も知らないのに。でも、」

「不安にさせてしまったな。謝るよ。ほら、先にトイレを済ませてしまおうか。一緒に行くよ」

まるで栞の言葉を遮るような物言いに、違和感を覚える。

「大丈夫です。トイレくらい一人で行けます」

「違うよ。私も行きたいんだ」

トイレで用を済ませてからも、白銀はどこか気まずそうにしていた。いつもの余裕が感じられない。何かを言おうとして、それを切り出せずにいるようだった。

パーキングエリアには家族連れの姿は殆どなく、出張中のサラリーマンやトラックの運転手などが疲れた様子で行き来していた。

白銀は自販機で温かい缶コーヒーを購入すると、栞に何を飲むか尋ねた。

「……じゃあ、ココアがいいです」

「分かった。飲みながら少し話さないかい？」

「……うん」

ベンチに腰を下ろした栞の隣に座り、白銀がココアを手渡す。

「ありがとうございます」

温かいココアで火傷をしないよう、ゆっくりと口にすると、甘いカカオの味にささくれ立った心が少しだけ癒やされるのを感じた。

秘密を話してくれない二人に対する疎外感で苛立っていたことを自覚して、栞は少しだけ自分のことを恥じた。

「ごめんなさい」

「君が謝る必要なんてないよ。窮奇とは過去に色々あってね。一言で説明するのは難しいんだが、その、わだかまりがあるんだ」

「……本当に殺し合いをしていたの？」

窮奇の恐ろしい言葉を思い出して、聞かずにはおれなかった。

「大袈裟と笑いたいところだが、君に嘘をつくのは罪悪感があるからね。正直に言うと、当たらずとも遠からずといったところさ。でも、栞の前ではそんな姿は見せないと約束するよ」

白銀の言葉には嘘がないように思えた。少なくとも、気まずそうに缶コーヒーを啜る姿は、この数日間で一番素顔に近いような気がした。

「二人はどうしてぼくを助けてくれるんですか？　もちろんお爺ちゃんから頼まれたからというのは知ってます。でも、本当にそれだけ？」

白銀は困ったように苦笑してから、参ったな、と溢すように言った。

「栞、君は歳の割にとても賢いね」

「不思議だったんです。白銀はお爺ちゃんの弟子だから、ぼくのことを守ってくれるのは分かるけど、窮奇は違いますよね」

「……そうさ。私と窮奇には君を守ることの他にも目的がある。――だが、それはまだ話せない」

「それが終わってしまったら、二人はもう家を出て行ってしまうんですか？」

白銀は栞のことを見つめ返しながら、微かに首を横に振った。

「分からない」

栞も二人が、自分が大人になるまで一緒にいてくれるとは思っていないし、そんな我が儘を言うつもりもなかった。

「どんな目的があってもいいんです。いつかお別れしなくちゃいけないのも分かります。でも、何も言わずに消えないで。……お爺ちゃんみたいに」

眼に溜まった涙を袖で拭う。

「……約束してください」

「ああ。約束するよ。——私たちの抱えている事情もいつか話す日が来るかもしれない」

それだけで今は充分だった。

湊を啜って、栞はココアの残りを飲み干す。

「この国のコーヒーは素晴らしいね。地方でもこれだけのものが味わえる」

「向こうは違うの？」

「自販機自体が地方には少ないんだ。ただお茶は抜群に美味しい。田舎のお年寄りの家で何気なく出されるお茶が、驚くほど美味しいなんてことは珍しくない」

祖父が日常的に緑茶を淹れて愛飲していたので、栞もお茶は飲み慣れているが、驚いてしまうほど美味しいだなんて経験はしたことがなかった。

「本当に美味しいお茶は飲み干してからが本番だ。お腹の中に入ってから香りが立ち上るん

POST CARD

料金受取人払郵便

小石川局承認

7741

差出有効期間
2025 年
6 月 30 日まで
（切手不要）

112-8790

127

東京都文京区千石 4-39-17

株式会社　産業編集センター

出版部　行

★この度はご購読をありがとうございました。
お預かりした個人情報は、今後の本作りの参考にさせていただきます。
お客様の個人情報は法律で定められている場合を除き、ご本人の同意を得ず第三者に提供することはありません。また、個人情報管理の業務委託はいたしません。詳細につきましては、「個人情報問合せ窓口」（TEL：03-5395-5311〈平日 10:00 ～ 17:00〉）にお問い合わせいただくか「個人情報の取り扱いについて」（http://www.shc.co.jp/company/privacy/）をご確認ください。

※上記ご確認いただき、ご承諾いただける方は下記にご記入の上、ご送付ください。

株式会社 産業編集センター　個人情報保護管理者

氏名《ふりがな》

（男・女／　　　歳）

ご住所　〒

TEL：

E-mail：

新刊情報を DM・メールなどでご案内してもよろしいですか？	□可　□不可
ご感想を広告などに使用してもよろしいですか？	□実名で可　□匿名で可　□不可

ご購入ありがとうございました。ぜひご意見をお聞かせください。

■ お買い上げいただいた本のタイトル

ご購入日：　　　　年　　月　　日　　書店名：

■ 本書をどうやってお知りになりましたか？

□ 書店で実物を見て
□ 新聞・雑誌・ウェブサイト（媒体名　　　　　　　　　　　　　　　　）
□ テレビ・ラジオ（番組名　　　　　　　　　　　　　　　　　　　　　）
□ その他（　　　　　　　　　　　　　　　　　　　　　　　　　　　　）

■ お買い求めの動機を教えてください（複数回答可）

□ タイトル　□ 著者　□ 帯　□ 装丁　□ テーマ　□ 内容　□ 広告・書評
□ その他（　　　　　　　　　　　　　　　　　　　　　　　　　　　　）

■ 本書へのご意見・ご感想をお聞かせください

■ よくご覧になる新聞、雑誌、ウェブサイト、テレビ、
よくお聞きになるラジオなどを教えてください

■ ご興味をお持ちのテーマや人物などを教えてください

ご記入ありがとうございました。

だよ。茶で酔うことさえある」

白銀は嬉しそうにお茶の話をしながら、飲み干したコーヒーの空き缶を手の中で弄んだ。まだ他にも話したいことが幾らでもありそうだが、じっと堪えているように見える。

「いつか栞にも飲ませてあげるよ」

こくん、と栞が頷いたところで、奥へ視線を投げた白銀が訝しげに表情をしかめてベンチから立ち上がる。

「窮奇。なんだ、その大荷物は」

栞が顔を上げると、大量の菓子や弁当を抱えた窮奇が得意げに出てくるところだった。

「興味深いものが多くてな。暇潰しに丁度いい」

いっそ食べてくれれば良かったのに、とも思ったが、窮奇の食べる量のことを考えると、ちょっとした騒ぎになりかねない。

「言っておくが、貴様らの分はないからな。欲しければ自分で買ってこい」

そう横柄に言うと、ポケットから財布を取り出して白銀へと投げた。

「いつの間に私の財布を」

「珍しく動揺していたようだからな。容易かったぞ」

くく、と可笑しそうに喉を鳴らして車へと戻っていく。

「やれやれ。私もまだまだ修行が足りないな。——行こうか。栞」

差し出された手を取って立ち上がると、白銀が空き缶を傍らのゴミ箱へと放り投げる。緩やかな放物線を描いた缶は見事にゴミ箱へ吸い込まれるようにして落ちた。

「行儀が悪いです」

栞の一言に白銀は苦笑する。

「やっぱり君は師匠よりも千香さんにそっくりだ。師匠と二人で同じことをして、ちょうど今みたいに叱られたものだよ」

「だって、投げたら中身が飛び散るじゃないですか」

悪かった、と白銀はどこか楽しそうだった。

栞はゴミ箱に駆け寄って空き缶を入れる。それからベンチの前で待ってくれている白銀の元へと急いで駆け戻った。


伯父の家は閑静な住宅街の突き当たりに建っていた。庭と車庫のある二階建ての家で、三角屋根にレンガ調の外壁でできたカフェ風のデザインをしている。

黒い表札には『ＨＯＺＵＫＡ』とローマ字で白く綴られていた。一方で庭には楓や松の木が植えられており、それを見た白銀が首を傾げる。

「なんともどっち付かずの家だな」

チャイムを鳴らしてから暫くすると、聞き覚えのある声がいかにも不機嫌そうに近づいてくる。

「はい。どちら、さま……」

玄関にやってきた伯父は、白銀の顔を見るなり硬直した。ぱくぱく、と鯉のように口を動かすばかりで、一向に言葉が出てこないらしい。

しかし、驚いたのはこちらも同じだ。平日の昼間に家にいるとは思っていなかったので、互いに虚を衝かれたような形になってしまった。

「いや、どうも。先日はお世話になりました」

余所行きの声で話す白銀に対して、伯父は血の気の引いた顔で首を横に振る。白銀の背後に立つ窮奇を怯えるように見てから、その隣に立つ栞へ目をやった。

「なんのつもりだ。帰ってくれ」

「ええ。もちろん用件が済めば帰りますよ」

にこやかにそう言ってから、白銀がおもむろに指を伯父の目の前へ突きつける。すると、途端に伯父の顔から表情が消えて、眼が焦点を失った。とろん、と夢を見ているようになり、ふらふらと左右に揺れている。

「白銀。また暗示をかけるんですか？」

「その方が手っ取り早く済むからね。なに、目が覚めたときには何も覚えていやしないさ」

「でも、そんなに何度もかけて大丈夫なの？」

栞の言葉に白銀は小さな溜息を一つ溢すと、銃口のように突きつけていた指を外した。

「分かったよ。君の意見を尊重しよう」

伯父は何度か瞬きをすると、意識が戻ったのか、また青ざめた顔で白銀のことを警戒するように睨みつける。

「……何が目的だ」

「簡単さ。あなたが処分した遺言状。それが隠されていた手帳を渡して欲しい」

「親父の手帳？　あんなもの、一体どうするつもりだ」

訝しむ伯父の顔に僅かな熱が込もるのを感じた。後退りしようとしていた身体を前のめりにし、何かを期待するように白銀の顔を覗き込む。

「手帳に何かあるのか？　おい、もしも遺産の類いなら」

言葉の途中で再び白銀が暗示をかけ、伯父がぐったりと玄関へ横たわった。

栞はその様子を眺めて、思わず溜息を落とす。

「すまない。だが、話すだけ無駄というものだよ」

「馬鹿らしい。こんな俗物に構っていられるか」

窮奇が横たわる伯父を跨いで、家の奥へ向かっていく。

「窮奇。待て、先に行くな」

聞く耳を持たず、億劫そうに狭い廊下を進んでいく窮奇の後を二人で慌てて追いかける。

まだ家の中に他の人間がいるかもしれない。そう思うと栞は気が気ではなかったが、幸いなことに他の家族は留守にしているらしかった。

リビングの壁に飾られた家族写真には伯父と伯母、それと中学生くらいの女の子が写っている。伯父の娘ならば、それは栞にとって従姉妹ということになる。

どちらかといえば散らかっており、チラシや雑誌が至るところに積み重なっていて、食事をするためのテーブルの半分ほどがそれらに浸食されていた。

「まるでぼくら、泥棒みたい」

栞はそう呟いたが、実際やっていることは殆ど強盗に近い。思えば伯父たちも以前、栞が留守の間に家の中を荒らして帰っていた。それをされる辛さが分かるのに、こんなことをしている自分に罪悪感を覚える。

窮奇が鼻をひくつかせて、徐ろに廊下へ戻ると、二階への階段を上がっていく。

「小僧。お前も来い」

「う、うん」

窮奇の後を追いかけて、勾配のきつい階段を上っていくと、二階には部屋が三つあった。

そのうちの一つのドアを窮奇が躊躇なく開けると、鍵がかかっていたのか、金属が折れるような鈍い音がした。

「ここだな。間違いない」

そこは伯父の書斎のようだった。机と椅子、壁には本棚があり、蔵書がびっしりと並んでいる。一階のリビングに比べて整理整頓されている。

窮奇が指差したものには栞も見覚えがあった。革の装丁の分厚い日記帳。本棚から手に取ってみると、間違いなく祖父のものだ。

「中身を確かめるのは後にしようか。どちらにせよ、それはここに置いておくべきものじゃない」

栞はちゃんと話し合った方がいいような気もしたが、あの伯父に妖魔云々と説明しても決して信じることはないだろうし、説得しようとすれば、それこそ大きな騒ぎになるかもしれない。

「もういいか。先に行くぞ」

窮奇は退屈極まりない様子で頭を掻きながらそう言うと、さっさと部屋を出て階段を下りていってしまった。

「私たちも急ごう。長居すれば彼らまで巻き込みかねない」

栞も頷いて階下へと向かう。

伯父は玄関で横たわったまま大きな鼾をかいていた。こうして見ると寝顔が祖父に似ているような気がしたが、栞にとっては伯父はやはり恐ろしかった。白銀や窮奇と一緒でなければ、とても家を訪れる気にはなれなかっただろう。

路上駐車してあるフィアットに乗り込むと、白銀がすぐにエンジンをかける。車を発進させて、一番近い路地へ入った。まるで背後の視線から逃れるようだった。

「栞。君は何も悪いことなどしていないよ。だから心配しなくていい」

それでも表情の晴れない栞の頭に、窮奇が手でぽんと軽く触れた。

「小僧。貴様には視えんのだろうが、その手帳はな、何も知らん人間が持てば災禍を招くものだぞ」

窮奇は邪悪な笑みを浮かべながら、栞の手の中にある手帳を楽しげに眺めている。

「一体何を仕込んでいるのかは知らんが、よくもこれだけのものを集められたものだ。お前の祖父とやらはとんだ食わせ者だぞ」

「窮奇」

白銀の鋭い言葉に窮奇は笑う。

「俺は嘘などつかん。銀、貴様とは違ってな」

「誤解を招くような言い方は止せと言ったんだ。――栞。毒を以て毒を制す、という言葉がある。師匠も私もただの人間だ。本来、妖魔と渡り合えるような存在じゃない。だからこそ、手段は自ずと限られるんだ」

栞は手帳の表紙にそっと触れてみた。何度も目にしたことはあるが、実際にこうして手に持ったのは初めてだった。当然、中身のことなど考えたこともない。ただのスケジュール帳なのだと勝手に思っていた。

白銀は車を停めようとしたが、駐停車禁止の標識があるのでそれができない。

「栞。手帳を窮奇に渡せるかい？　中は見ないようにね」

「何故だ。小僧には見る権利があるだろう。銀、これはお前のものじゃあるまい」

「黙れ。彼にはまだ早い」

「小僧は当事者だ。既に渦中にいる」

「それでもまだ早いと言っているんだ。内容によっては傷になるかもしれないだろう」

いつになく白銀の言葉が強い。車がマニュアル車でなければ左手で手帳を奪い取っていただろう。

栞は頁に指をかけ、そっとめくろうとして、少し考えてからその指を離した。

「……教えてください。お爺ちゃんは何か悪いことをしていたのですか？」

「まさか。誓ってそんなことはないよ。師匠は常に君のことを考えていただけさ」

栞が閉じた手帳を後部座席へ寄越すと、窮奇が心底面白くなさそうに眉間に皺を寄せた。

「つまらんな」

「つまらなくていいです。先に二人が読んでください」

その言葉に窮奇が笑みを取り戻した。

「クハハ。銀、聞いたか」

「ああ。栞、君は怖いもの知らずだな」

二人が何故、笑うのか栞には理解できなかった。

「私たちが悪用をするだなんて思いもしないのだろうね」

白銀に言われた通り、そんなこと予想もしていなかった。

「ぼく、何か変でしたか？」

「いいや。君は至極まっとうさ。――おかしいのは私たちの方だ」

栞は小首を傾げて窓の外へ視線を投げる。伯父の家にいた間に天気が急に崩れてしまったらしく、分厚い雲が空を覆い始めていた。

「何処か個室のある店へ入ろうか。ちょうど昼食時だ」

白銀がそう言って市街地へとハンドルを切ると、同時に、雨粒がフロントガラスを叩いた。二つ、三つと続いたかと思うと、あっという間に勢いを増していく。

「わあ」

バケツをひっくり返したような猛烈な勢いの雨に、目の前が白く煙って視界が暗くなっていった。

「やれやれ。今日は晴れると天気予報に出ていたんだが、やっぱりこういうものは当てにならないね」

ヘッドライトを点灯させて、白銀は注意深く緩やかな坂道を下っていく。

栞が後部座席へ顔を向けると、窮奇は早くも手帳を開いて中に目を通しているようだった。


白銀が車を入れたのは如何にも高級そうな焼肉店だった。屋根付きの駐車場へ車を乗り入れると、すぐに係の男性が出てきて入り口の脇へと誘導する。

「いらっしゃいませ。鍵をお預かりいたします」

「ありがとう」

白銀が慣れた様子で鍵を係員へ預け、栞と窮奇が続いて車から降りた。

「車はどうなるの？」

「帰るときに係の人がまたここまで持ってきてくれるのさ」

「おい、急げよ。腹が減っているんだ」

パーキングに寄った後、菓子や弁当を大量に食べていたのにもう消化し切ってしまったようだった。

店内へ入ると、案内にやってきた店員に白銀が個室を希望する。運良く席が空いていたのか、すぐに案内して貰うことができた。

「お部屋は二階となっております」

通されたのは大きな窓のある十二畳ほどの部屋で、中央にグリルのついた黒い机と、椅子が四脚設けられていた。

中央の壁には『倶会《くえ》一処《いっしょ》』と毛筆で書かれた掛け軸が飾られている。

「すごい。こんなお店初めてです」

栞は飾り棚にある有田焼の壺に近寄って、描かれた模様を興味深く眺める。

窮奇が椅子にどかりと座り、その向かいに白銀が腰を下ろす。

「こちらがメニューとなっております。ご注文がお決まりになりましたら、そちらのお電話でお呼びください」

そう言って店員が会釈して部屋を出ていった。

「焼肉か。悪くない」

窮奇が上機嫌に言って、メニューを食い入るように眺める。

「栞も好きなものを食べるといい。私は先に手帳に目を通させて貰うよ」

栞は窮奇の隣の席につき、横からメニューを覗き見る。

「小僧もしっかり食っておけ。今夜は荒れるぞ」

「荒れる？　天気のこと？」

栞の問いに対して、窮奇は妖しげに口元を歪めて笑う。

「それだけならばいいがな」

不吉なことを言って、手を伸ばして注文用の電話を手に取った。

「注文だ。盛り合わせの頁にある品を上から順番に持ってこい。それからビールをジョッキで三つ。米も人数分持ってこい」

横柄で尊大な態度に、白銀が手帳から顔を上げて溜息を溢した。栞も先ほどの注文の仕方はあんまりだと感じていた。

「窮奇。注文は私がするといつも言っているだろう」

「銀。お前は黙ってそれを読んでおけ。俺もさっき内容にざっと眼を通したがな。なかなかに興が乗るものだったぞ」

窮奇の言葉に、白銀は心底嫌そうに顔を歪めながら、それでも手帳から目を離そうとしなかった。頭を抱えて唇を噛み締めている。

「ここから車でさらに二時間ほど行った地域に、どうやら鵺の伝承があるらしい。千年前にそれを封印した大岩が祀られているんだと」

「ぬえ？」

白銀は顔を上げて、小首を傾げている栞の掌に指で「鵺」と漢字を書いてみせた。

「夜に鳥と書いて、鵺と読むのさ」

「鵺ってどんな妖魔なんですか？」

「一説には怪鳥だとも言うが、一般的に知られているのは猿の顔に虎の胴と前脚、尾は蛇というものだね」

「沢山動物が混じってる」

「そうだね。自分たちの知っている生き物で精一杯喩えたのさ。それに強大な妖魔であればあるほど、なんにでも巧みに化ける」

獣の強い部分をつなぎ合わせたような姿なのは、それだけ恐ろしかったということか。

「鵺は『平家物語』にも登場し、矢で射って退治された。屍は京都の清水寺に埋められたそうだ。とにかく鵺の伝承が残る地は多い。結局のところ鵺というのは正体不明の妖魔であり、そうしたものが十把一絡げに鵺と呼ばれたのさ」

夜に妖しく鳴く鳥。

栞はあの夜に見た妖魔のことを思い出した。確かにあれは遠目にも猿のように見えた。

「流石、師匠だ。家の近くを飛翔する怪猿を鵺だと早くから確信していたらしい」

屋敷の周りにそんなものがいたなど、栞は全く気がつかずに生活をしていた。祖父は何も気取らせず、たった一人で妖魔から孫を守り続け、そうして人知れず斃《たお》れたのだ。

冷たく濡れたアスファルトの上に転がり、息絶えてしまった祖父の最期の姿が脳裏に蘇る。怒りが灼熱の塊となって胸の奥に湧き上がった。

「小僧」

窮奇の低く落ち着いた声にハッとする。胸の奥を焦がすような感情が潮のように遠くへ引いていくのを感じた。

「……窮奇」

「落ち着け」

「……退治しないといけませんか？　また封印してしまうことはできませんか」

栞がそう口にした瞬間、山水画の描かれた襖の向こうから声がした。

「ご注文の品をお持ちしました」

白銀が手帳を閉じて、栞に目配せをする。

「どうぞ」

失礼します、と続けざまに三人入ってきて、大皿に載った肉を次々とテーブルの上に並べていく。載り切らない分は台車に乗せて、テーブルの脇へ寄せる。

窮奇はビールジョッキを三つ自分の前へ置くと、まるで水でも飲むように一息に飲み干して、二杯目を手に取った。

店員たちが唖然とする中、二杯目も同じように飲み干してしまう。

「すいません。おかわりをお願いします」

白銀が温和にそう言うと、三人とも愛想笑いを浮かべて大急ぎで廊下へと戻っていった。

「もう少しゆっくり飲めないのか」

「量が少ないのだから仕方あるまい。——それよりも、これからどうするつもりだ」

指で生肉を摘まんで口へ放り入れる窮奇を見て、栞は目を白黒させた。

「窮奇。焼いてから食えといつも言っているだろう」

「牛だろう？　俺は構わんぞ。充分だ」

上機嫌に指を舐める窮奇に白銀が顔を顰める。

「私たちが構うんだよ。栞だって驚くだろう」

確かに栞は驚いていたが、考えてみれば生肉くらいなら食べてしまうかもしれない。

「馬以外のお肉も生で食べられるの？」

「食べられないよ。絶対に真似しないように」

盛り合わせの肉を白銀がトングで次々と焼き網の上へ乗せていく。

「食事を済ませたら、大岩を祀った祠へ向かおうと思う。場所は手帳に記してあったからね。心配しなくても県を跨ぐほどの距離じゃない」

栞は膝の上に手を置いて、白銀の言葉に耳を傾けながら肉が香ばしく焼けていく様子をじっと眺める。

「さて、もう良い頃合いかな。あまり焼くと肉が硬くなってしまうからね」

トングで焼けた肉を三枚、栞の皿へ入れてから、残りを雑に窮奇の皿へと投げ入れていく。窮奇は何も言わずに肉を頬張っていった。

「白銀は食べないの？」

「貰うとも。ただ、もう少し後で大丈夫だ」

白銀はそう優しく告げてから、再び手帳を手に取った。

空になった焼き網の上に、新しい皿に盛られた肉を窮奇が雑に落として、トングで適当に広げていく。栞は自分のトングで火傷をしないよう、肉が重なっている部分を均等にならしていった。

「こいつのことは気にするな。これでも道士の端くれだ。ひと月くらいなら飲まず食わずでも生きていられる」

「本当？」

白銀は手帳から目を逸らさないまま、苦笑してみせた。

「確かに死にはしないだろうが、飢えない訳じゃないんだ」

「お腹が空くの？」

「そういうこと」

窮奇は可笑しそうにくっくっ、と喉を鳴らして茶碗の米をかっ込んだ。

「小僧。お前は食えるだけ食っておけ」

栞は小さく頷いてから手を合わせる。炙られた脂が、炭に落ちて煙となって立ち上り、頭上の換気扇へ吸い込まれて消えていく。

「いただきます」

焼けた牛肉をタレにつけて頬張ると、それだけで活力が湧いてくるようだった。

「ほいしい」

轟々と吹きつける風雨に窓が激しく揺れる。

何処か遠くで甲高い雷鳴が轟いた。

暗雲の下、闇夜に紛れた妖魔の鳴き声のようだった。

三

焼肉店を後にし、再び高速道路に乗ろうとしたが、大雨のために高速道路は閉鎖されており、仕方なく下道で向かうことになった。

食欲が満たされたのか、窮奇は後部座席でふんぞり返ったまま寝息を立てている。眉間に深い皺を寄せて、顔を顰めていた。時折、魘《うな》されるように唸り声をあげている様子がいかにも獣じみている。

「それにしても酷い雨だな」

「うん」

車窓を叩いて付着した雨粒が、風に煽られて横へ流れていくのをぼんやりと眺める。

「昼食は気に入らなかったかな？　昨夜もさんざん肉を食べたからね、私も胸焼けが酷くて。なにせ、道士は本来、肉や魚を食べないんだよ。まぁ、私はエセ道士だけど」

「ご飯は美味しかったです。とっても」

「分かっているよ。本当に退治すべきなのかが気に掛かっているんだろう？」

　こちらを向いて穏やかに微笑む。

「君にとっては祖父の仇だろう。憎いとは思わない？」

「……怖いんです」

「怖い、か。それは妖魔のこと？　それとも別の何かかな？」

　白銀の口調は優しげで、少しも問い質すような所がない。

「……お爺ちゃんを殺した相手に会うのが怖いんです」

「確かに殺人犯に会いたいという遺族はいないだろうね。だがね、君の仇は妖魔だ。人ではないんだよ？」

　何も間違っていない、というような白銀の言葉に、栞は首を横に振った。

「それでも、どうすればいいのか、自分でも分からないんです」

「栞は優しいね。でも、ここで鵺を倒さなければまた新たな犠牲者が出るだろう。問題の先送りに過ぎないんだ」

人を襲う鵺を放置しておくことはできない。自分のような子どもを出してはいけない。こんな思いをさせたくない。

「お爺ちゃんを殺されたことを思い出すと、胸に火が点いたみたいになるんです。悲しくて、辛くて、暴れたくなって舵が効かなくなるんです。……ごめんなさい。うまく言葉にできなくて」

いつの間にかボロボロと涙が零れて止まらない。いくら袖で拭っても、次から次へと涙が雫となって膝の上へ落ちた。

「ほら、ハンカチを使って」

白銀が手渡してきたハンカチは何処かで見覚えがあった。

「ドアのポケットに折りたたんで入れてあったものだ。すまないね。私も窮奇もハンカチなんて持ち歩くような人間じゃない」

「……これ、お爺ちゃんのハンカチです。去年、ぼくが誕生日のプレゼントに渡しました」

「なるほどね。やけに真新しいと思ったら、師匠が車に置いていたんだな。君の前で使うのが気恥ずかしかったんだろう」

普段から使っている様子がなかったので、気に入らなかったのだと栞は思っていた。

ハンカチで涙を拭うと、懐かしい祖父の匂いがするような気がした。

「酷な事を聞いてしまった。すまない」

「ぼくのせいです。でも、鵺はそのままにはできないと思います」

「退治するさ。あれは私にとっても師の仇だからね。元々そのつもりだったんだ」

交差点で車を停止させている間に、白銀は手を伸ばして後部座席からカーキ色のブランケットを取って栞へと渡す。

「まだ到着までしばらくかかる。今のうちに少し寝ておいた方がいい」

栞は靴を脱ぎ、ブランケットに包まるように白銀の方を向いて、小さな膝を抱え込んだ。

白銀は慣れた手つきでシフトレバーを操作しながら車を走らせ始める。窓の外は大雨で視界も悪く、お世辞にもドライブ日和とは言えない。

それなのに白銀はどことなく楽しそうに、ハンドルを握る指でリズムを取っている。片方だけ編んである鈍い銀色の髪が微かに揺れていた。

「白銀。車の運転って大変じゃないんですか」

「全然。元々、運転をするのが好きなんだ。バイクやヘリも捨てがたいが、やっぱり車は格別だ。前にも話したが、特にこの師匠の車は憧れの一台だったからね、つい嬉しくなってしまう」

「窮奇も運転するの？」

「しないよ。する必要がないからね」

「そうなの？」

「ああ。走った方が速いし、何より周りも安全だ」

栞は窮奇が不機嫌そうに車の運転席に乗っている姿を想像して、口元を隠してクスクスと笑った。

「――本来は誰よりも運転の上手い男だったんだがね」

「え？」

小さな呟きのような声は栞には届かなかった。

「いや、なんでもないさ。ただの独り言だ」

白銀の横顔は平然とした様子で前を向いたままだ。

「お爺ちゃんのことを聞かせてください」

「いいとも。師匠の過去ならとっておきがあるんだ」

懐かしそうに話す祖父の話はどれも破天荒で、とても可笑しかった。

白銀の声に混じる雨音、リズムよく揺れる車の振動に瞼が少しずつ重くなる。ブランケットに包まる身体が少しずつ温かくなって、意識が暖かさに滲むように溶けていくようだった。

栞の視線の先、楽しそうに話をする白銀の横顔が不思議と祖父のそれと重なる。顔立ちはまるで似ていないのに、何故かとても懐かしかった。

瞼が自然と閉じて、波のような眠気に呆気なく呑み込まれる。

◇

局地的な豪雨で増水した川が荒れ狂い、黒い怒濤の波となって下流へ流れていく。

その様子を栞は橋の欄干から食い入るように眺めていた。

「たわけ」

さっ、と目の前を大きな掌が覆い隠す。顔を上げると、ずぶ濡れになった窮奇が瞬き一つせずに前方を睨みつけて立っていた。

時刻はまだ夕方に差し掛かったばかりだが、分厚い雨雲のせいで日没寸前のような暗さとなっている。

黄色い合羽に身を包んだ栞が欄干から手を離して、慌てて歩道へと段差を下りた。

「ごめんなさい。なぜだか目が離せなくて」

「夜の海と同じだ。氾濫した川など目をくれるものじゃない。袖を引かれても知らんぞ」

「袖？」

「死者に引き込まれるぞ」

ゾッとして橋から離れる。

件の祠へ向かう林道が倒木で通れなくなっていたため、仕方なく徒歩で先へと進むことになった。白銀が先を進み、窮奇が栞を連れて後に続く。

「全く。少し目を離しただけでこれか」

舗装されていない林道は緩やかな坂道になっており、奥へ進むほどに木々が鬱蒼と生い茂っている。

焼肉屋にいた間に比べれば雨脚は弱まっているが、それでも雨が止む気配はない。

「小僧、俺から離れるなよ」

コクコクと頷いている間にも薄暗い木立のあちこちから、こちらを伺い見るような視線を感じる。死霊のそれとも違う悍ましさに総毛立った。

雨にぬかるんだ土を踏みしめながら、坂道を窮奇と二人で上っていく。

「白銀、大丈夫かな」

「ああ見えて腕だけは立つ。厄介なことにな。大抵の妖魔なら問題にもならん」

忌々しい様子でそう言うと、足元に転がっていた大きめの石を掴み取り、野球の投手のように大きく振りかぶって投げた。

ばん、と鞭が空気を叩くような音がしたかと思うと、林の木が数本、音を立てながらゆっくりと倒れて地響きを立てる。ギャアギャア、と罅割れた悲鳴をあげて薄闇の中を何かが逃げていく。

「教えた呼吸を忘れるな。余分なモノがかなり寄ってきているぞ」

「ごめんなさい」

忘れていたつもりはなかったのだが、うまくできていなかったのかもしれない。栞は大きく息を吸って、心を落ち着けるように努めた。

「この先だな」

さらに進んだところで、森の奥へと続いていく古い石段が目に入った。よほど普段から人が来ないのか、石段が朽ちて崩れてしまっている。鳥居の類いもなければ、縁起を書いた看板も見当たらないので、神社ではないようだった。

朽ちた石段をどう乗り越えようか栞が思案していると、窮奇が小脇に抱えるように栞を持ち上げて石段を上っていく。

ぷらん、と爪先が地面に着かないまま上まで持ち運ばれてしまった。

「ありがとうございます。窮奇」

「お前が怪我をすると銀がやかましいからな」

開けた空間、その一角に土砂崩れの痕があった。濡れて地盤が緩くなったのか、土砂が祠を押し潰し、その下にあったであろう岩を砕いていた。

「白銀は？」

「あそこだ。奥に一際でかい木があるだろう」

窮奇が指差した先は墨を溶いたように暗く、栞には何があるのかさえ見えない。

「ここだよ」

強張った声がする方へ視線を投げると、眩い光が急にこちらを照らした。ライトが下を向いて、ようやく暗闇にしゃがみ込んでいる白銀の姿を目に捉える。

「白銀」

栞の声に応えるように、白銀が片手を挙げた。

すぐに駆け寄ろうとして、血腥い匂いに思わず足が止まる。鼻腔を刺すような刺激臭に鼻を袖で強く擦った。森の中だというのに、なぜか海の匂いに似ている。

祖父から聞いたことがある。海の磯臭さは、多くの生き物の匂いなのだと。数え切れないほどの命が生まれて、死んでいく際に発する腐敗臭なのだと。

これは、そうした腐敗臭を何倍にも濃縮したような、酷く濃い死の匂いだ。

あまりの悪臭に一歩近づくだけでも大変な気力を要する。

どうにか白銀の傍までやってくると、窮奇が栞の手を引いてこれ以上先へは行かないように制した。

くっくっ、と窮奇が笑いを堪えきれないように喉を鳴らす。

「無様だな。銀」

屈んでいる白銀の頭から血が流れていた。腕や足、服のあちこちが赤く血に濡れて雨と共に滲んでいる。鋭利な爪で裂かれた無数の傷があり、足元の水溜まりに血が幾つも滴っていた。

「やれやれ。突然、隻腕の鵺に襲いかかられてね。応戦したんだが、この有様さ」

「お前らしくもない。たかが鵺如き。殺すのは容易いだろう」

「私もそう思っていたよ。だが、実際に相手をしてみると妙な感じでね。僅かな時間だったが、一方的にやられてしまった。信じがたい頑強さだ。何かからくりがあるね」

「呪符はどうした」

「もちろん使ったさ。この森の奥へ吹き飛ばして、そのまま縛りつけてある。手持ちの札を全て使い果たしたよ」

その言葉に、窮奇の顔から笑みが消えた。

「一度に全て使い切ったのか。普段あれほどの装備を携えているお前が」

「これほど追い詰められたのは過去に一度きりだよ」

腹部を手で押さえながら笑う顔からは血の気が引いている。

「栞。あまり近づいてはいけないよ。悪戯に近づくと呪詛を貰うからね」

白銀が視線を落とした場所には、黒いぬらぬらとした水溜まりが油のような光沢を放ちながら雨粒に打たれている。

「酷い怪我……。ごめんなさい、ぼくのせいで遅くなったから」

栞の目から見れば泣き出したくなるほどの怪我に見えた。頭から出血しているし、全身が血塗れで見ていられない。

「見た目ほど酷くないから安心していい。この服の下に着ているのは呪具でね。鉄線と女性の髪を呪符と共に編み込んで作ってある特製の品さ」

破れたシャツの間から覗く黒い下着には、確かに紙のようなものが縫いつけられていた。

「とはいえ、少々血を流してしまった。体温も奪われているし、早めに撤退したいところだ」

「お前はここにいろ。俺と小僧で止めを刺してきてやる」

鵺の手掛かりがあるかもしれない、そう思って足を伸ばした場所にまさか本当にいるとは思っていなかった。

祖父を殺した妖魔が、この森の奥にいるのだという現実に足が竦みそうになる。

「窮奇。それなんだが、やはりお前に頼めないか」

「敵討ちは世の常だろうが」

「お前の言わんとしていることは理解できるがね。今はもうそんな時代じゃない。子どもに手を汚させるような真似はしたくないんだ」

窮奇はまだ何か言いたげではあったが、隣で強張った身体を震わせる栞を見下ろして、大きく溜息を溢した。それは失望というよりも、同情しているようだった。

「私が引導を渡してやりたかったんだが、この有様ではね」

「よかろう。所詮、血塗られた道だ。童でいられる間はそうしておけ」

窮奇は淡々とそう言うと、栞の手を引いた。

「止めは俺が刺してやる。だが、仇が討たれるところは小僧も見届けろ」

「はい」

どれほど恐ろしくとも、ここで窮奇の帰りを怯えて待っているのは間違っている気がしてならなかった。

窮奇の掌を握りしめ、奥へと恐る恐る進んでいくと、古い巨大な銀杏の木があった。その幹に鵺が縛りつけられている。

暗闇に目が慣れてきたのか、思っていた以上にくっきりとその姿が視えた。

皺だらけの顔、光る巨大な二つの目、牙を剥く姿は猿というよりもゴリラに近い。胴体や手足には虎のような斑模様が浮かんでおり、尾は途中で折れてしまっていたが、その先端には確かに蛇の頭がついていた。なんとか逃げようと背中に生えた蝙蝠のような翼を動かしているが、羽に刺さった杭は幹に鵺をしっかりと縫いつけてそれを許さない。

眼球には瞳がなく、大きなガラス玉のようで感情らしきものが全く感じられなかった。

「これが……」

死霊とは違う。くっきりと目の前に確かに『在る』のだ。それなのに他の生き物とは何もかもが違う。生き物という枠組みに入っていない、と一目で理解できる。

鵺の身体には幾重にも鎖が巻かれている。その上から杭のようなものが、不思議な模様の描かれた御札を縫いつけるようにして深々と刺さっていた。その夥しい札の数に思わず息を呑んだ。

鵺の身体の殆どに札が打ち付けられ、背後の幹にも深々と突き刺さっている。

「これでまだ塵に返らんとは、なかなかしぶとい」

窮奇が可笑しそうに言ってから、鵺の足に突き刺さった杭を踏みつける。

鵺が甲高い、赤ん坊のような悲鳴をあげたので、栞は思わず顔を背けた。

「……大人しく息を潜めていればいいものを。いや、人を襲わずにはおれんか。そうでなければ、初めから封印などはされまい」

窮奇は呟くようにそう言うと、標本の昆虫のように身動きがとれないでいる鵺を、静かに見下ろした。

「小僧。お前は眼を逸らしておけ」

そう言われて、すぐに眼を背けて瞼をきつく閉じた。

それから間もなく、凄まじい音が周囲に響いたかと思うと、頭上から雨粒が滝のように降り注ぐ。

「もういい?」

「俺がいいと言うまで眼を閉じておけ」

焚き火をした後と、同じ煤けた匂いを栞は嗅ぎ取った。

それから間もなく、窮奇が小さく「もういい」と告げる。

恐る恐る顔をあげると、そこには堆く積もった黒い灰があるばかりだった。

あまりに呆気ない結末に、言葉が出てこない。

「敵討ちを見届けた気分はどうだ。胸のすく思いがしたか?」

栞は少し悩んだが、正直に首を横に振った。

「悲しい気持ちになりました」

「ふん。愚直な小僧だ」

窮奇は口元を緩めてそう言うと、栞の背中をぽんぽんと叩いた。

「帰るぞ。締まらん幕引きだが、仕方あるまい」

大口を開けて欠伸をする窮奇の後に続きながら、栞は一度だけ鵺の方を振り返ったが、そこにはやはり黒い灰が残るばかりで、それすら風雨に巻かれて早くも消え始めていた。

言葉にできない違和感を胸に抱いたまま、栞はその場を後にした。

いつの間にか、あれほど激しかった雨が降り止んでいる。

合羽のフードを脱いで、栞は前を歩く窮奇の隣へと駆け寄っていった。

第四章　斜陽

一

鵺を退治した翌朝、玄関のチャイムの音で目が覚めた。

栞が目を擦りながら布団から身を起こすと、催促するように二度目のチャイムが屋敷に鳴り響く。昨夜は帰りが遅くなり、眠るのも遅かったので、まだ身体が上手く動かなかった。

時計に目をやると、いつもなら朝食を済ませているくらいだ。

「……あ。学校」

寝惚けた頭でなんとか玄関へ向かうと、三度目のチャイムが鳴った。

「今行きます」

急いで土間へ下りてから玄関の鍵を外して扉を開けると、そこには見覚えのある大人が困った様子で立っていた。

「先生」

担任の周防薫が胸に抱いているのは、栞が学校に忘れてきたランドセルだった。

「おはようございます。栞君」

遠慮がちに挨拶をする薫は、玄関の隙間から奥へと視線を投げた。

「おはようございます。ごめんなさい。ランドセル、持ってきてくれたんですね」

「昨日、様子を見に来たのだけど留守だったから心配で。病院に行ってたんでしょう？　大丈夫だった？」

「あ、えっと……はい。大丈夫です。せっかく来てくれたのにすみません」

「いいのよ。それよりも、栞君って今は誰と生活をしているの？　先生、それがどうしても気になってしまって。電話で少し話しただけだから」

「ええと、親戚のお兄さんたちと暮らしています」

「そうなの。じゃあ、きちんとした身内の方なのね？」

きちんとした、という言葉の意味をどう解釈していいのか分からず、栞は少し悩んだ。

「違うの？」

「違いません。身内の人です」

「本当？」

「はい」

薫が何度も玄関の奥へ視線を投げているのは、栞がどんな人間と暮らしているのか心配で仕方がないからだ。身寄りのない小学生が、突然親戚と暮らし始めることになればどんな教師でも心配するだろう。

「あのね、よかったらお家の方にご挨拶させて貰えないかしら？　今なら、いらっしゃるでしょう？」

そう言われて栞の頭に浮かんだのは「まずい」だった。白銀はまだ起きていないし、窮奇は起きている方がまずい気がする。今だけでも話題を逸らせてしまいたかった。

「ちょっと今は難しくて……。それより先生、ぼく今日から登校したいんですが、一緒に行って貰えませんか？」

「え？　ええ。勿論よ。車だし、まだ時間もあるから急がなくてもいいわ」

「ありがとうございます」

栞はランドセルを胸に抱いて玄関から中へ戻ると、大急ぎで身支度を始めた。

顔を洗って歯を磨いて、自分の部屋で着替えながら、時間割の持ち物欄だけ確認しておく。教科書はいつもランドセルに入れているから大丈夫だ。

「あ、体操服」

洗面所を出て奥の物干し台へ急ぐと、案の定まだ体操服はハンガーで干したままになっていた。いったいいつから干していたのか、思い出せそうにない。

「渇いてるけど、バリバリだ」

水分が抜け切り、そのまま直立させられるほど固い体操服を、強引に畳んでから袋へ詰めてランドセルと一緒に持って玄関へ向かうと、窮奇の背中が見えた。

靴を履きながら、窮奇、と声をかける。

玄関を塞ぐ窮奇を押して外へ出ると、まるで民家で熊に遭遇したみたいに怯えた薫が立ち竦んでいる。

「誰だ。このやかましい女は」

窮奇が面倒臭そうに言って、裸足のまま薫へと近づこうとしたので、栞は慌てて二人の間に割り込むように入った。

「ぼくの学校の先生です。だから大丈夫ですよ」

「人の顔を見るなり悲鳴なんぞあげおって」

ぐるる、と唸る窮奇を押して玄関へ帰そうとするが、微動だにしない。

「そんな怖い顔で睨まれたら、誰だって怖がります」

「おい、女。名を名乗れ」

ひぃ、と薫が車の後ろへと逃れるように隠れる。

「窮奇。お願いです。乱暴しないで」

「…………」

腕を引くと、窮奇が舌打ちをして、玄関へと戻っていった。どすどす、と不機嫌そうに足音を立てる背中に栞は「行ってきます」と声をかける。

ランドセルと体操服袋を手に、車の方へ行くと薫が恐る恐る玄関を窺っていた。

「ごめんなさい、先生」

「栞君。あの大きくてワイルドな人が親戚の方なの？　……大丈夫なのよね？　何かあればすぐに先生に相談してね」

薫は不安そうに栞へ問いかけたが、出かける支度の調った栞を見ると納得した様子で何度か頷いた。

「いいわ。とにかく登校しましょう。遅刻する訳にはいかないものね」

いつもと比べて、随分とテンションが高い。

「助手席は汚いから、栞君は後ろ。ごめんね」

後部座席に座ってシートベルトをつけながら、栞はバックミラー越しに薫を見やった。

「先生。ぼく、汚いなんて思いません」

運転席でシートベルトをつけた薫が笑いながら、車を発進させようとすると、がくんっと後ろへ車が後退した。胸に抱いたランドセルが足元へ落ちる。

「……ごめんなさい。駄目ね。胸がドキドキして」

よほど怖がらせてしまったようだった。その気持ちは栞にもよく分かる。目の当たりにした人間でなければ分からないだろうが、窮奇の放つ迫力は見る人間を圧倒するものがあった。

「ちゃんと運転できるから。心配いらないわ」

やっぱり歩いていきます、とは今更言えない。栞は黙ってシートベルトがしっかり装着されていることを確認して、胸に抱き直したランドセルに力を込めた。

車がゆっくりと発進して、傾斜のきつい坂道を下りていく。

「くっ、んっ、このっ」

声には出さないが、どうしてこんな所に家があるのか、と思っているに違いなかった。地元のタクシーでさえ、玄関の前までは迎えにきてくれないほどの道だ。そんな所に昨日と今日で二度も来てくれたのかと思うと、窮奇により怖い思いをさせてしまったことを余計に申し訳なく感じた。

どうにか下の道へ合流すると、薫が盛大に溜息をついた。それから打って変わった様子で車を城下へと走らせていく。ちょうど登校してくる児童たちを横目に見ながら担任教師の車で学校へ行くのは、少しだけ罪悪感があった。

「先生。さっきはごめんなさい。でも、窮奇は悪い人じゃないんです」

「いいえ、先生こそ配慮にかけていたと思うから。ごめんなさい。家の人も朝からああして訪ねて来られたら迷惑よね」

薫はそこまで一気に言ってから、怪訝そうな顔をした。

「今、もしかして窮奇と言ったの？」

「はい」

「さっきの方の名前？　あのワイルド系の美形」

「はい。窮奇というそうです」

「本名なの？」

「たぶん」

「でも、窮奇ってたしか妖怪の名前よ。中国の古い妖怪」

妖怪という言葉に思わず反応してしまう。

「そうなんですか？」

「ええ。先生、これでも学生時代には文化人類学を専攻していたの。世界中の民話や風俗が好きでね。――そうそう。窮奇は古代中国で特に恐れられた四匹の妖怪、四凶の一つよ。たしか、翼の生えた虎だったかしら。悪人を守護して、善人を食べるとか。でも、厄災を喰い滅ぼす存在でもあるそうよ。――元は風神という説もあってね」

ペラペラといつになく早口でまくしたてる薫に圧倒されてしまう。

「あ、ごめんなさい。急にこんな話をされても困るよね」

「いいえ。面白かったです」

「きっと綽名なのね。あの人が親戚の方なの？」

「ええと、もう一人お兄さんがいて。今は三人で暮らしてます」

へぇ、と薫が嬉しそうに笑みを浮かべる。

「男子三人で共同生活……。すごく楽しそうね」

「はい、楽しいです。とっても」

学校が見えてきて、不意に先日の出来事を思い出した。

「先生。園田くんたちは大丈夫なんですか？」

「ああ、知っていたのね。怖かったでしょう。突然、貧血で倒れてしまうなんてね。でも、大丈夫よ。昨日お見舞いに行ってきたんだけれど、皆すこぶる元気そうだったから。席替えもする予定だから、もう少しだけ我慢してね」

無事だと聞けて、思わず胸を撫で下ろした。

命に別状はないだろう、と聞かされてはいたが、こうして聞けるとホッとする。

「大丈夫よ。先生もちゃんと目を光らせておくから」

「ありがとうございます」

イジメを受けているとは思わない。少なくとも、栞自身はこれくらいはどうということはなかった。自分のことを園田たちがなんと言おうとどうでもいい。ただ、先日のように家族のことを言われるのは辛かった。

園田たちが自分を攻撃しようとする理由も分からない訳ではない。彼らからすれば、自分のクラスにいる異質なものを追い出そうとしているだけなのだろう。

「先生は他の先生みたいに、みんなと仲良くしろとは言わないんですね」

薫はハンドルを操作しながら、そうねー、と気のない返事をした。

「誰とでも仲良くなんてできないもの。先生もそうよ。みんな仲良し、とはいかないもの。苦手だなーって思う人はいつだっているわ。子どもの時もそうだったし、今もそうよ」

「大人でもですか？」

栞の言葉に薫は笑う。

「子どもの頃の方が嫌いな人は少なかったかな。自分とは合わない人とも、なんとなく一緒のグループにいたりしても平気だったりするしね。大人になると、そういうのが許せなくなるの。仕事以外では嫌いな人といるなんて無理よ」

「だから、みんな仲良しでなくてもいいんですね」

「誤解しないでね。できなくてもいいけど、できたらいいわねって話なの。栞君も自分を好いてくれない人の近くにはいなくていいし、大切だと言ってくれる子と友だちになればいい。だってみんな他人だもの」

ちょうど車が学校へ到着して、教職員用の出入り口から敷地へと入っていく。

「良かったー。なんとか間に合ったー」

器用に車を回転させて、駐車場の端にバックでゆっくりと停車する。

「はい。到着」

「あれ、先生。なんでこんなに遠くに停めるんですか?」

栞の言葉に、薫は遠い目をしてふっと溜息をついた。

「日本社会は年功序列なの。年食って偉そうにしてる人が良い場所を占領して、若いのが割を食うのよ。雨の日なんて酷いんだから。校舎に着くまでにびしょ濡れに……。ごめんなさい。今のは、忘れて。いい?」

児童に話すようなことじゃなかった、と頭を抱える様子が可笑しくて、栞はクスクスと笑った。

「分かりました。先生、学校まで送ってくださってありがとうございました」

「いいえ。じゃあ、また後で教室でね」

「はい」

後部座席から降りてランドセルを背負い、体操服袋を手に昇降口へ駆ける。

教室の前まで来たところで足が止まる。指をかけたまま、急に扉を開けるのが恐ろしくなってしまった。嫌な想像が次から次へと脳裏を過って、かけた指が動かなくなる。

その時、不意に視線を感じた。

やって来た方向とは反対、先日の死霊が出た場所に同じ男が立って、空っぽの眼窩が真っ直ぐにこちらを見ている。

窮奇に教えられた通り、呼吸を整えて、静かに真正面からソレを見据えた。

栞の視線に怖気づいたように、男の輪郭がぼやけて陽炎のように揺れたかと思うと、何処かへ忽然と消えた。

「そうだ。深く息を吐いて、落ち着いて」

冷静になればなるほど、なんだか可笑しな気持ちになる。

この教室の中に恐ろしいものなんていない。あの鵺に比べたら、クラスメイトなんて怖くもなんともない。

背筋を伸ばして、下を向かない。

相手の目を真っ直ぐに見る。

深く呼吸をしてから、栞は教室の扉を静かに開け放った。

◇

白銀が目を覚ますと、柱時計の針は正午を指し示していた。

身体を起こそうとすると、全身の傷が熱を持ったように痛みを訴えてくる。昨夜、帰宅してから傷口の消毒をし、深い傷は糸で縫い、自分で調合した薬を上から塗っておいた。傷が膿むようなことはない筈だが、鵺の爪には毒があるのかもしれない。

朦朧とする頭で立ち上がり、居間へ向かうと栞の姿がない。窮奇も屋敷を出ているようで気配が感じられなかった。

念のために栞の座敷をそっと覗き込むと、床の上にパジャマが脱ぎ捨てられている。いかにも慌てて支度をしたらしい。

「そうか。学校へ行ったのか。やれやれ、真面目な子だ。とてもあの師匠の孫とは思えないな。……いや、ああいうところも香さんに似たのか」

一人言を呟くだけで身体が辛い。やはり熱があるらしい。体内では毒と戦っているようで、倦怠感が酷い。

「全く。鵺の爪に毒があるのなら、誰か書物に書き残しておいてくれたら良かったのに」

先人を怨みながら台所へ向かい、冷蔵庫から麦茶を取ってコップへ注ぐ。

「油断したな」

毒のこともそうだが、あれほど好戦的な妖魔だとは思っていなかった。おまけに何かの守護を受けているかのように硬く、手持ちの札を全て使い切ることになってしまった。油断をしていた、と言われればそれまでだが、あれは余りにも文献のものとは異なっていた。

縁側へ腰を下ろして、庭の向こうの城を遠目に眺める。白い漆喰に、緑青色に変じた銅の瓦が葺いてある様が懐かしかった。

「仇は討ちましたよ、師匠。――久しぶりに褒めてください」

いつも温和で優しい男だったが、修行となると別人のように厳しかった。生死のかかったことだ。生半可な覚悟ではできない。しかし、白銀はそれらの修行を全て終えて、とうとう大陸へ渡ることになった。

どうにも意識が朦朧としてしょうがない。

「……やれやれ。解熱剤を作るか。ええと、材料が蔵の中にあった筈」

立ち上がろうと膝立ちになった瞬間、脇腹に痛みが走った。包帯に血が滲むように広がっていく。縫っておいた傷口が開いてしまったらしい。

「ままならないな、全く」

かつての相棒は縫合が上手かった。抜糸した後も傷跡が残らない、と大勢の人から感謝されていたのをよく覚えている。唯一、背中を預けることができた人物。

「……陵蘭《りょうらん》」

意識が途絶えようかという瞬間、頬に痛みが走った。

目を開けると、獰猛な瞳がこちらを睨みつけている。かつてとは似ても似つかない、獣じみた瞳。

「何をしてる。大人しく寝ていろ」

「……中身が違うだけで、こうも顔つきまで変わるものかね」

窮奇は不機嫌そうに顔を顰めた。

「お前、寝惚けているのか？」

「いいや、起きているとも。絶好調だよ」

言いながら柱に寄りかかる。悪寒のせいで立ち上がることもできそうにない。目の前に窮奇がいなければ気が抜けて横たわったままだったかもしれなかった。

「ふん。傷口があちこち開いているな。毒にやられたか」

「ああ。どうやらそうらしい。全く忌々しい話さ」

けれども、これくらいの痛みを味わうようでなければ、栞が自分に懐いてくれている罪悪感は消えない。

「蛇の尾があるのだ。爪に毒が回っていてもおかしくはあるまい」

さも当然のように言われては苦笑するしかない。獣が混じり合った妖魔のタチの悪さは常識だ。

「鵺というのは、本当に得体が知れない」

待っていろ、と窮奇が告げて縁側へ上がって何処かへ去っていこうとする。

「窮奇。待て。薬の材料を持ってきてくれ。蔵の中にある筈なんだ。――窮奇」

「なんだ、五月蝿い。飲み水の一つでも持ってきてやろうとしたが、不要のようだな」

邪魔をされたのが不服だったのか、どかりと横に座り直す。傲慢で尊大な態度は出逢った頃から変わらないが、それでも少しずつ変化している。

「蔵だ。蔵に師匠の」

成果がある。そう言いかけたが、痛みで声にならなかった。

穂束千畝は希有な人間だった。古今東西の術理を修め、幾多の人々を救ってきた。そんな術士の成果は弟子に引き継がれるが、それは同じ血を分けた子孫への財産だ。——つまり孫の栞のものだ。

しかし、あの手帳からは孫に同じ道を歩ませるつもりはなかったことが読み取れた。

「いや、鍵がいる。蔵の鍵が何処かに」

ふ、と車の鍵についていた真鍮製の鍵が脳裏を過った。

「——なるほど。そういうことか」

かつて、一人前になった暁にはフィアットを譲って欲しいと師に申し出たことがあった。当時はただ笑い飛ばされてしまったが、国を出る直前に言われたのだ。

『帰国したら車はくれてやる。その代わり、託したものも背負えよ』と。

最初から師は予期していたのだ。いずれ、こうなる日がやってくることを承知していた。

「さっきから一人で何を言っている」

「いや……。結局、死ぬまで敵わなかったなと思ってね」

「いいから寝ていろ。ここでくたばられると俺が困る。動けないというのなら運んでやる」

「お気遣いどうも。それよりも運んでくれるというなら、蔵へ連れて行ってくれないか。解毒薬を作りたい」

「そんな状態で薬なんぞ作れるのか」

「窮奇が代わりに作ってくれるのなら、手間も省けるんだがね」

「……難しいことはできんぞ」

「とりあえず居間の壁にかかっている鍵を持ってきてくれ」

しばらくして窮奇が鍵を手に戻ってきた。

「よし。じゃあ蔵まで連れて行ってくれ」

米俵でも抱えるかのように、雑に肩へと担ぎ上げられて屋敷の反対側にある蔵へと向かう。もう少しマシな運び方があるだろうと文句の一つでも言いたかったが、無駄な話に割くだけの体力の余裕はなかった。

「栞を学校まで送ってくれたことに礼を言うよ」

そう言うと、不機嫌そうに溜息を一つついた後で、吐き捨てるように窮奇が呟く。

「……俺ではない」

「なに？」

「朝、小僧の担任だという女が迎えに来てな。庭から終始眺めていたが、真っ直ぐに学校へ行ったから心配はいらん」

「お前がそこまでしてくれるとはね」

「あの小僧は危うい。極力、眼は離さん方がいい」

窮奇も既に手帳の内容に目を通している。

「今でも彼に手帳を渡すべきだと？」

「当然だろう」

議論の余地などない、と窮奇は淡々と答えた。

「まだ彼には早いよ」

「過保護なことだ」

着いたぞ、と一言だけ告げると、裸足のままその場に立たされる。目の前の白漆喰の蔵には大きな門があり、窮奇の拳ほどもある錠前がかかっていた。

「ほう。蔵そのものに呪がかけられているな」

「先祖代々の当主が使用してきた蔵だと聞いているよ」

「ふん。伊達ではないということか」

そう言って窮奇が蔵に触れようと手を伸ばした瞬間、強烈な静電気が走ったような音が辺りに響き渡った。憮然とした顔の窮奇の指先が赤く火傷を負ったように焼けている。

「悪くない」

「変なことを考えるのは止せ。そんな怪我までして」

構わん、と窮奇は焦げた指を舐める。

「これくらい舐めておけば治る」

「傷をつけるなと私は言っているんだ。ああもう、熱がある時に困らせないでくれ」

錠前の鍵穴へ真鍮の鍵を入れて回すと、物々しい音と共に錠前が外れて地面へ落ちた。錠前にも呪がかけられているようで、窮奇が忌々しそうに足で遠くへ蹴飛ばす。

「閂を外してくれ」

白銀の足ほどもある太さの閂を、窮奇は舌打ちして抜き取ると傍へぶっきらぼうに放り投げた。

「これで満足か？」

「ご丁寧にどうも」

蔵の分厚い扉を左右に開き、中の格子戸を引くと薄暗い闇が広がっていた。照明のスイッチを入れると、白銀が居た頃と何一つ変わらない様子が目の前に広がる。

壁を埋め尽くす薬棚。様々な効果を発揮する呪符や呪具。本棚に並ぶ書物はどれも呪術や道教などのものばかりだ。豪快な性格とは裏腹に、仕事場の整理整頓にだけは五月蠅かったのを白銀は思い出した。

机の上を指の腹で擦ってみると、うっすらと埃がついている。

「師匠が亡くなってからは誰も足を踏み入れてないようだね」

もしかすると、栞は蔵の中へ入ったことがないのかもしれない。きっと、少しでもこちら側から遠ざけるために。

心なしか、蔵の中に入ってからの方が、熱が少し下がっているような気がした。

「銀。さっさと済ませて出てこい」

蔵の外でムスッとした様子で腕を組んだ窮奇が睨みつけている。

「入ってくればいいだろう。閂を外したんだ。もう弾かれることはないさ」

「術士の蔵など忌々しい」

何が気に食わないのか。白銀は敢えてそれは聞かない。

「そうかい。なら、もう暫く待って貰うよ」

薬棚から解毒薬に用いる生薬を取り出していく。どの棚にも生薬が抽斗の半分以上にまで補充されており、その質も非常に良いものばかりだ。

生薬は材料によって薬研で碾いて粉末にしたり、すり潰して汁を作ったりしていく。そうして小さな七輪で炭を熾した。

「窮奇。水を汲んできてくれないか」

蔵の外で腰を下ろしていた窮奇は憮然としながらも薬缶を受け取り、暫くすると水を汲んで戻ってきた。

「とっとと済ませろ」

「そのつもりだよ」

薬缶を七輪にかけて、湯を沸かす。

「さて、こんなものかな」

それらの生薬を湯で溶いたものが解毒薬となる。見た目は濃い緑色をしており、匂いも酷いが、効果は折り紙付きだ。

解毒薬を一息に飲み干して、七輪に蓋をして火を消す。薬研や用いた道具を洗い、全て元の場所へ戻してから照明を落とした。

余った煎じ薬は紙に包んでから母屋で保管しておくことにする。そのうち一度時間を見つけて、予備の薬を幾つか作っておくべきだろう。

格子戸を閉めて、左右に開いた分厚い扉を閉めた辺りで、窮奇が閂をかけ直した。錠前をつけて、鍵をかける。

「なんだ。待っていなくても良かったのに」

「お前が閂をかけられるのか？　ボロ雑巾のような有様のくせに」

「手厳しいな」

苦笑するしかない。窮奇がいたらもう少し楽に戦えたかもしれないが、それでも苦戦しただろう。あれほど丈夫な妖魔はそういるものではない。

「さっさと飲んで寝ていろ。ますます毒が回るぞ」

「薬ならもう飲んださ。まぁ、体力が完全に回復するまで、もう暫くは時間がかかる」

「大人しくしていろ。俺は出かけてくる」

「何処へ行ってもいいけど、栞のことは常に気に掛けておいてくれ。彼の体質に惹かれるのは、何も鵺ばかりじゃない」

「分かっている」

屋敷へ戻り、白銀はそのまま自室で休むことにした。

栞が学校から戻ってくるまでに熱がある程度下がるといい。具合が悪い様子を見たら、あの子はきっと自分のことを責めるだろう。

周囲で起こる災難は、全て自分のせいだと思い込んでしまうところがある。

「急いで大人になどならなくてもいい、と教えてやらなければな」

朦朧とする意識の中、学校の方から響いてくるチャイムの音が聞こえた。

二

今日が写生大会であることに、栞は教室に入ってから気がついた。

黒板に大きく『写生大会』と書かれていたからだ。黒板のあちこちに可愛い動物の絵や、流行りのアニメのキャラクターなどが添えられている。

黒板の隣にある時間割に目をやると、一時間目から四時間目まで写生大会とある。給食後の昼休みと掃除は普段通り、五時間目はなしの特別編成となっていた。

幸いなことに、絵の具や画板は教室の後ろの棚に置いてある。

「栞くん。おはよう」

渚が入り口の近くで立ち尽くしていた栞をそっと押して、通行の邪魔にならない場所まで連れていく。

「渚くん。おはよう」

「大丈夫？　風邪だったんでしょう？」

体調が悪かった訳ではないのだが、いつの間にかそういうことになっているらしかった。

「うん。もう大丈夫」

「そっか。でも珍しいよね、栞くんが学校を休むだなんて」

「そうだね」

栞は答えながら自分の机へ向かうと、ランドセルを下ろして中身を机の中に入れていく。不意に気になって後ろへ目をやると、まだ修一は登校してきていないようだった。ランドセルもかかっていない。

「修一くんたち、あれからずっと休んでいるよ」

心の中を読まれたような気がして、思わず渚を振り返った。彼はふふん、と得意そうに微笑してから、前の席へ後ろ向きに腰を下ろす。

「……そっか」

ああ、と渚は小さく頷いてから教室のあちこちを指差した。

「松川《まつかわ》くんと立石《たていし》くんも来てない。でも、おかげでここ二日くらいは教室が静かだよ」

確かにいつもより教室が騒がしくない。たった三人、学校に来ていないだけなのに。

「ねぇ、栞くん。よかったら僕たちと一緒に描かない？　一人で描くよりもずっと楽しいと思うんだ」

渚の提案は嬉しいが、他の子は嫌がるだろう。提案を断ろうとして、しかし、栞は思い留まった。

呼吸を整えて、正面から渚のことを見る。こちらを憐れんでいる様子は少しも感じられなかった。

「うん。ありがとう。ぼくも一緒に描きたい。――いい？」

「もちろん。ああ、良かった。断られるかもしれないって思っていたんだ」

「でも、どうしてぼくなの？」

渚には大勢の友だちがいる。クラスの誰だって一緒に描きたいと思う筈だ。クラスの中心的な存在が、どうして自分に優しくしてくれるのか。栞には不思議だった。

「理由？　そうだな。だって、栞くんの絵はすごく素敵じゃないか。色使いがみんなと全然違っていて、すごく好きだよ」

好き、と言われて思わずはにかんでしまう。絵のことだと分かっているが、どこか自分自身を受け入れて貰えた気がした。

「ありがとう。そんな風に言ってくれたのは渚くんが初めてだ」

母と祖父もよく絵を褒めてくれた。いつも手放しで褒めてくれるから、また描きたいと思えた。クラスで不気味がられても、二人が褒めてくれたらそれだけで良かったのだ。

「あとで残りの二人を紹介するよ」

「二人？」

「ああ。一人は由比乃ちゃん。もう一人は敦《あつし》くん」

由比乃は女子の中心的存在だが、藤原《ふじわら》敦はどちらかといえば孤高な人というイメージが栞の中では強かった。去年、同じクラスだった園田修一と派手な喧嘩をして、彼の鼻の骨を折ってしまったことがあった。血塗れで泣き叫ぶ修一とは対照的に、敦は平然として、男性教諭に連れて行かれた時にも涙一つ流さなかった。

「どうしてその二人なのって顔だね」

どうやら顔に出てしまっていたらしい。

「あの二人、ああ見えて絵がすごく上手いんだよ。折角なら絵の上手な子と描きたいと思うじゃない？」

「うん。たしかに。そうかも」

こういう大きなイベントは、今までずっと一人でやり過ごしてきたので、そんなことは考えもしなかった。何度か声をかけられたことはあったが、その度に遠慮して距離を取っていたのだ。

渚は穏やかに笑って席を立った。

「なら、また後でね。二人にも説明しておくから」

「うん。ありがとう、渚くん」

友だちと写生大会に出られる。一緒に絵を描くことができる。――そう思うと、どうしようもなく気分が高揚した。胸が高鳴るとはこういうことだろうか。

なんだかむず痒い気持ちになり、唇を噛んで俯く。そうでもしなければ、口元が緩んで仕方がなかった。

ほんの少し。ほんの僅かにだけ、変わることができたような気がする。

始業のチャイムが鳴るのと、担任の薫が教室へやってくるのは殆ど同じタイミングだった。息を弾ませた彼女は黒い上下のジャージに身を包んでいる。

「皆さん、おはようございます」

おはようございます、と児童たちの声が重なって挨拶するのを訊いてから、薫が黒板を手でノックするように叩いた。

「さて、本日は皆さんが待ちに待った写生大会の日です。まぁ、先生はついさっきまで、すっかり忘れてしまっていたんだけど。皆は忘れていませんね」

栞もそれは同じなので、周りのクラスメイトたちのようには笑えない。

「それでは早速、写生大会の準備をして貰います。男女はそれぞれ更衣室で着替えてから、教室へ戻って画材を持って校庭に集合してください。十五分までに全員、校庭で出席番号順に並んで貰います。――はい、はじめ」

わっ、と我先にと体操服を手に廊下へ飛び出していくクラスメイトを眺めながら、栞も体操服の入った袋を胸に抱いて席を離れる。

「栞君」

振り返ると、教壇の薫がこちらへ手招きしていた。薫の元へ駆け寄ると、心配そうな顔をしている。

「先生。どうかしたんですか」

「大丈夫でしたか？　何か嫌なことはなかった？」

「いいえ。なんにも」

「そう。それならいいんだけど」

「渚くんたちと絵を描くことになったんです」

「本当？　よかった。心配していたの」

一人で過ごすのではないか、という意味だろう。栞自身、そう思っていたので無理もないが、心配をかけてしまっていたのは少し心苦しかった。

「あとで様子を見に行くからね。――がんばって」

栞は頷いてから胸に抱いた袋と共に廊下へ出て、男子更衣室へと向かった。

以前聞いた祖父の話によれば、母親が小学生だった頃には男女共に同じ教室で着替えをしていたというから恐ろしい話だ。

栞が男子更衣室へ着く頃には、早くも着替え終わった何人かの児童が入れ替わるように廊下へと飛び出していった。

そっと中へ入ると、数人の男子がまだ着替えている。彼らは栞と同じように割とのんびりしている性格の持ち主で、いつも一歩引いたところで大人しくしているようだった。

そのうちの一人と目が合った。

「……お、おはよう」

思いきって栞から挨拶をしたが、彼はすぐに顔を逸らして、何事もなかったように着替えを続ける。

同じような性格をしているからといって、仲良くできるのかと言われたらそうではないのはよく理解している。自分から声をかけることができただけでも、自分を褒めたいぐらいだ。特に彼らはクラスでの面倒ごとに極力、巻き込まれないようにしているので、栞のように周囲から孤立している児童と親しくしたいなどとは思っていないのだろう。

栞は少しだけ傷ついたが、すぐに自分も着替えに集中することにした。よく服の裏表を間違えるので、気をつけなければいけない。

そそくさと着替えて更衣室を出てから教室へ向かい、画材を手に昇降口へ急ぐ。自分なりに急いだ筈なのに、もう殆どの児童が校庭へ出てしまっていた。

慌てて靴を履き替えて、校庭へ駆けていく途中、視界の端にソレが映った。

歯茎を剥いて笑う猿。――あの鵺が校庭の外にある林の中にいたような気がしたのだ。

思わず立ち止まって、林の方を注意深く眺めるが、何処にもそんなものは視えない。煙のように掻き消えていた。

気のせい、にしては余りにも生々しい。

首を横に振って、栞は再びクラスメイトの方へと駆け出した。

栞が列に並ぶのと同時にホイッスルが鋭く鳴り響く。

「前にならえ」

今回は出席番号順と言われてホッとする。自分がクラスの男子の中では一番背が低いという事実を忘れることができる。

「その場に座って。校長先生に注目」

全校児童がそわそわとグラウンドに腰を下ろしている様子を、朝礼台に立つ校長がどこか嬉しそうに眺めた。

狸を彷彿とさせる、全体的に丸いフォルムをした還暦近い男性だった。丸い黒縁眼鏡をかけ、いかにも人が良さそうな顔立ちをしている。

『はい。皆さん、おはようございます』

ハウリング気味の声がグラウンドに響く。朝礼台の横に建てられた本部テントでは放送部の六年生が機材を慌てて調整している。

おはようございます、と児童たちの声が重なって返事をしたところで、校長が満面の笑みで頷いた。

『元気があって大変宜しいですね。今日は待ちに待った写生大会です。皆さん、自分の描きたいものを見つけて、自分が思うがままに描いてみてください。何を描いても構いません。自分にしか見えない世界を、ぜひ絵にしてみてください』

長々と話を続けることなく、最後に全員の体調を気遣ってから校長は朝礼台を下りていった。

「何処で描いても構いませんが、学校の敷地からは出ないように。これだけは必ず守ってくださいね」

担任の薫の言葉をどれだけの児童が聞いていたのか。我先にと立ち上がって移動を始めた児童たちを薫は呼び止めようとはしなかった。

学校の敷地内なら何処で描いてもいいと言っても、自然と人気のある場所は限られてくる。当然、そうした場所は早い者勝ちだ。激しい競争に勝たなければ確保することはできない。

しかし、栞はそんなことなど、どうでも良かった。初めて友だちと絵を描くことができるのが嬉しい。

「栞くん。こっちだよ」

声に振り返ると、こちらへ向かって手を振る渚の姿があった。その後ろに由比乃と敦の姿が見えて、栞は身体を強張らせた。

「さて、まずは何処で描くか決めよう」

誰が決めるでもなく、自然と四人の中で渚がリーダーのような存在になっていた。

「私は裏庭がいいな。木も花も多いもの」

「由比乃ちゃんは裏庭ね。敦くんは？」

「……俺は何処でもいい」

「何処でもいいっていうのが一番困るんだけどな。栞くんは？」

「ぼくは古池がいいな。最近、綺麗になったばかりらしいし」

栞の提案に三人が目を輝かせた。

「それだ。そういえば春休みの間に作り直したって先生が話していたね」

「俺も池がいい」

「私も賛成。綺麗な方がいいもん」

古池は敷地の最南端にあり、今は使われていない温室のすぐ傍にある人工の池だった。長年、藻が大量に発生して悪臭を放っていたので、とうとう学校で作り直すことにしたらしい。

「栞くんは綺麗になってから行ったことはある？」

「ううん」

「案外、穴場かもしれないね。それじゃあ、池へ行ってみよう」

小走りに駆けていく三人の背中を栞は懸命に追いかけた。いつもそのまま遠くへ走り去っていってしまう背中とは違う。

何度もこちらを振り返ってくれる三人の姿に泣きそうになった。

気味が悪い、と言われるのが恐ろしくて逃げていた自分が酷く小さく感じられた。

修一のように意地の悪い児童も確かにいる。他人を迫害し、嘲笑することでしか自分の鬱憤を晴らすことのできない人もいるのだ。けれど、そんな児童ばかりではない。中にはこうして手を差し伸べてくれるクラスメイトもいる。

そう考えてみれば、一年生の頃から声をかけてくれるクラスメイトはいた。決して多くはなかったが、確かにいたのだ。しかし、栞は傷つくのが恐ろしくて輪の中に加わろうとはしなかった。

あのとき、声をかけてくれた児童の顔も名前も覚えていない。

もう逃げるような真似はしたくない。

白銀や窮奇のように恐ろしい怪異を前にしても、飄々としていられるような知識と力を持った大人になりたかった。

閉鎖された温室の傍にある古池は、その呼び名には似つかわしくないほど美しく生まれ変わっていた。白いブロックで周囲を覆い、木造のアーチ状のパーゴラが日陰を作っている。透明な池の底には青い陶器の破片でモザイク柄が描かれていた。

池の大きさは教室の半分ほどだが、そこに白く大きな淡水魚が悠々と泳いでいる。赤い木の実のような瞳が、じっと栞の顔を見ていた。

敦が池の水面にそっと指先をつけて、驚いた様子で「ぬるい」と漏らす。

つられて栞たちも次々に池へ指を浸けてみると、確かに少し温かい。

「温泉が出るから、地熱で温かいのかな。淡水魚は冷たいと死んでしまうし」

栞には難しいことはよく分からないが、素晴らしい穴場を見つけたことは理解できた。他の児童の姿は見当たらないが、来年はきっと大勢の児童で取り合いになってしまっているだろう。

「じゃあ、ここを僕たちの場所にしよう。あとはそれぞれ好きなものを描こう」

渚はそう言ったものの、四人とも距離感の違いはあれど、池の様子を描くことに決めていた。

栞は池の中を泳ぐ魚を描きたかったので、池の縁に腰を下ろして画板に挟んだ画用紙をじっと睨みつける。

「なんて魚なのかな。栞くん、分かる？」

いつの間にか隣に立っていた由比乃にそう聞かれたが、全く心当たりがない。

「分からない。こんなに白い魚、初めて見た」

「私はね、多分、見たことある。お父さんと水族館に何度か行ったことがあるの。でも、こんなに大きかったかな」

どんな名前の魚にせよ、きっと美味しくはないのだろうな、と栞は心の中だけでそう思った。窮奇なら頭からバリバリと食べてしまうのだろうが、美味しくないものを食べたら機嫌が悪くなりそうだ。

「ねぇ。どうして私が他の女子といないのか、栞くんは気にならないの？」

思いもしなかった一言に、栞は沈黙した。

どう答えれば正解なのだろうか。まるで気にならなかった、とは言えそうもない。女子の心の機微など微塵も想像がつかない。

「仲良しグループの子とね、喧嘩したの。おっちんとまーりゃんね」

「うん」

「でね、二人が一緒になって責めるの。渚くんに近づくなって。あの二人、渚くんのこと好きだからさ。でも、全然そういうんじゃないってずっと言ってるのに聞かないから」

「聞かないから？」

「渚くんと一緒に描くことにしたの」

「……それってますます喧嘩にならない？」

「だって。むかつくんだもん」

「……なるほど」

栞はなんと返せばいいのか分からないまま、下書きを始めている渚の方をちらりと見やった。特にこれといった変化もなく、飄々としている。

「渚くんのこと、好きじゃないんだよね」

「うん。すごいなーって思うけど別に好きじゃないよ」

「他の二人も一緒に渚くんと描けば良かったんじゃない？」

「それはもう言った。でもダメなんだって。そういうことじゃないってまた責められた。遠くから眺めていたいってきかないの」

ふぅん、と相づちを打ちながら、自分が同じ立場だったらどうするだろうかと考える。

仲良しの二人からそんなことを言われたら、きっと傷ついて、渚くんに近づこうなんて思えないだろう。

「だからね、余計にね、絶対今日は渚くんと描くって決めたの」

「ど、どうして？」

「上手い人から技を盗めた方が絶対上手く描けるって証明してやるのよ」

じゃあね、と一方的に告げて自分の場所へ戻っていってしまった。

気を取り直して、写生に戻ることにした。

鉛筆で大凡の下書きをしていく。画用紙のどの辺りに何を描くのかを考えながら、構図を探る。そうしていると紙は横向きではなく、縦向きの方がパーゴラまで描くことができることに気がついた。

数歩後ろへ離れてみて、数脚あるベンチの一つに腰かける。こちらも新しく設置されたもののようで、いかにも真新しかった。

そうして鉛筆を動かしていると、不意に水の音が聞こえた。

見れば芝生の上で胡座をかいている敦が、絵の具バケツの水で筆を洗っているところだった。栞がようやく下書きに入ったところだというのに、もう色を塗ろうとしている。

「栞くん。敦くんのことは気にしない方がいいよ。僕たちとは描き方が違うんだ」

声をかけてきた渚はニコニコと楽しげに、敦の方を指差して笑う。

「どういうこと？」

「下書きをしないんだよ。色だけ塗るんだ」

俄かには信じられず、栞は画板を傍らに置いてそっと敦の斜め後ろから画用紙を覗き込んだ。

「なんだよ、穂束まで」

「ごめんなさい。勝手に見て」

「別にいいけど。変だろ、こんな描き方」

水で薄めた絵の具を画用紙に滲ませるようにしながら、何度も重ねるように筆を置いていく。色を塗るというのとは少しイメージが違う。

「昔からこうなんだ。先生には丁寧に描けって言われるけど、俺、他のやつみたいに下書きとかできないから」

栞が眺めている間にも色が重なっていき、モルタルの質感が現れていく。

こうして誰かが絵を描いているところを覗き込んだことなどなかった。完成した後に教室の後ろに貼られたものを、一人でぼんやりと眺めることはあったが、その絵を誰がどんな風に描いていたのかなんて知らない。

「すごいね」

褒められたことに驚いたのか、敦が顔を顰める。

「すごくねぇよ。別に」

「すごいよ。でも、先生に言われたのに、どうして下書きしないの？」

「だって、俺にとってはこれが一番綺麗だから」

その一言に、栞は思わず息を呑んだ。

そんな風に考えてもいいのか。

誰かの求める答えではなくて、自分の感じたままに動いてもいいのか。

「……ぼくにもできるかな？」

「やってみたらいいじゃん」

そう言われて、心が弾んだ。

「うん」

変わってもいいらしい。

いや、自分の意思で変わりたい。

筆を執り、絵の具を水で軽く溶きながら、自分の目に映るままに、世界に彩りを加えていく。花弁の青や、パーゴラの錆びた白色。池の水面で反射する光の輝きを、あるがままに描いた。

「楽しい」

生まれて初めて、学校が楽しいと思えた瞬間だった。

三

給食の時間を報せるチャイムの音を聞いて、栞はようやく絵の具のついた筆を下ろした。

四人とも黙々と画用紙に向かい続けていたので、すっかり疲れ果てている。ぐぅ、と腹の音が鳴って誰とはなしに笑い始めた。

「みんなもう描き終わった？」

渚の問いかけに全員が首を縦に振る。

改めて完成した絵を眺めてみると、これまでで一番思うように描けた気がする。

「栞くんの絵、すごく綺麗」

由比乃が横から覗き込んで、食い入るように栞の絵を眺めた。

「ありがとう。由比乃ちゃんのも見てもいい？」

「どうぞ」

画板ごと絵を交換する。

由比乃の絵を見て、栞はその色使いに思わず息を呑んだ。

そのままの色彩で描かれたものが一つもない。パーゴラはピンク色をしており、モルタルはベージュ色をしている。泳いでいる魚はサーモンのような色で描かれていた。

「……すごく個性的だね」

「ありがとう」

四人でそれぞれの絵を見せ合い、互いに褒め合った。全員が同じものを眺めて筆を執ったのに、完成した作品は構図から色合いまで全然違う。

その中でも、渚の絵は群を抜いていた。

画用紙の中央に描かれた、淡く光る魚。

よく見ると、画用紙全体に水面が反射しているように描かれている。

「やっぱり渚くんはすごいね」

栞は心の底からそう思った。勉強もスポーツもできて、誰にでも優しいだけでなく、絵を描く才能まである。

「そんなことないよ。こんなのは猿真似だ。上手い人の真似をしているだけなんだよ」

渚が大人のような口調で話すので、栞はどきりとした。

写生大会の絵は選ばれた数点が県のコンクールに出展され、その中でも評価の高い作品が大賞に選ばれる。

きっと渚の作品が選ばれるだろう。

その場にいた全員がそう思った。

「片付けて教室へ戻ろう。早く給食を食べないと怒られるよ」

四人で他愛のない話をしながら教室へ戻ると、ちょうど他のクラスメイトたちも戻ってくるところだった。

『戻ってきたら着替えてから着席。給食をとること』と黒板に大きな文字で書いてあるのを見つけて、男子更衣室へと移動する。

更衣室から一足先に戻ってきた児童たちは、我先にと給食の列に並んでいた。

栞は体操服を着替えながら、まだ頭の中で絵の続きを描いているような気持ちだった。

もっと上手に描ける気がしてしょうがない。

「穂束」

隣で着替えていた敦がぶっきらぼうに名前を呼んだので、少しだけ驚く。

「なに、敦くん」

「お前の絵、細かい所までよく描けていて良いと思う。絵、上手いんだな」

「敦くんこそ。野球クラブに入っているから、こういうのはあんまり興味がないんだと思ってた。修一くんがそうだったから」

「あんな奴と一緒にすんな。……野球はどっちかっていうと父さんが好きなんだ。野球チームに入れたのも父さんだし、監督をするくらい好きだから。俺はそれに付き合ってるだけ」

「好きじゃないの？　野球」

真っ直ぐな栞の問いに、敦は忌々しい様子で顔を顰めてから、そうだよ、と吐き捨てるように言った。

「絵を描く方がずっと楽しい」

好きなことがあるのにできないというのは辛いだろうな、と栞は思ったが、口にするのは憚られた。

「そうだね。ぼくも絵を描くのが一番好きだよ」

体操服のズボンが思っていた以上に汚れてしまっていた。帰ったら一度、泥を落としてから洗わなければならない。

「穂束さ。この間、身内の人が亡くなったんだろ？」

「うん。お爺ちゃんが事故で」

「……大丈夫か？　お前、他に家族とかいないって聞いたけど」

敦の口調は栞のことを気遣っているというより、もっと純粋に心配していた。気まずそうにしながらも、問いかけてくれたことに思わず頬が緩んだ。

「うん。大丈夫だよ。お爺ちゃんの弟子だったお兄さんたちと一緒に暮らしているから」

「弟子？」

そうだよ、と言いかけて栞は言葉に詰まった。霊能力者の弟子などとは言えない。

「ええと、お爺ちゃんが小説家だったから」

「マジで。えっ、なんて名前？」

「知らないと思うよ。怖い小説ばっかり書いていたから。ぼくもあんまり知らないし」

「お前、自分の爺ちゃんの作品くらい読めよ」

ケタケタ、と笑う敦につられて、栞もなんだか可笑しくなってしまった。

「そんなに可笑しい？」

「可笑しいだろ。──穂束、お前面白いな」

「そうかな」

「いつも一人で、何考えてるのかよく分からない奴だと思ってたけどな。また園田たちに虐められるようなら俺が助けてやるよ。あいつら口ばっかりで弱っちいから」

そう言うと、着替え終わった敦は更衣室を出て行ってしまった。

「良かったね」

離れた場所で着替えていた渚が笑顔を浮かべている。やりとりに耳を傾けていたのだろう。

「敦くんはぶっきらぼうな所もあるけど、正義感が強いからね。きっと栞くんとは良い友だちになれると思うよ」

友だち、という言葉が栞の胸に甘く響くようだった。

「渚くんも友だちになってくれるの？」

怯えるような栞の問いかけに渚が笑う。

「もう友だちのつもりだったんだけどな」

信じられないことに、今日だけで友だちが二人もできてしまった。俯いていた顔を上げて、ほんの少し踏み出しただけだというのに。

「由比乃ちゃんも友だちだと思っていると思うよ。あの子、自分の絵を褒めてくれた子のことをすぐに気に入るからさ。あんまり男女とか関係なく遊ぶ子だしね。——だから、修一くんたちのことは気にしなくていいよ。何かあったら、今度は僕たちが間に入るから」

「ありがとう」

任せて、と胸を張る渚を見て、栞は自分の顔を手で揉みくちゃにした。

そうでなければ、今にも泣き出してしまいそうだったからだ。ようやく学校に自分のいていい場所ができたような気がした。

涙ぐむ栞の背中を慰めるように渚が優しく叩いて、二人は更衣室を後にした。

「お昼休みにみんなでドッジボールしよう。今日は四年生が体育館を使える日なんだ」

栞は目元を袖で拭いながら、小さく頷くだけで精一杯だった。

給食を食べ始める頃、天気は打って変わって曇り空となり、すぐに大粒の雨が降り出してしまった。雨と風が窓を激しく揺らす。

「雨ばっかりだ」

誰かの呟きに栞は頷きながら温かいスープを口にした。根菜類が沢山入ったスープで、所々に交じるベーコンの欠片が美味しい。

ここ三ヶ月ほど天気が崩れやすく、晴れていても俄に大雨に襲われることが多かった。局地的なものらしく、限られた範囲でばかり雨が降るので地盤が緩んでしまい、土砂崩れも頻発していた。

雨の日の学校は別の場所のように見える。

校舎全体が仄暗い水の底に沈んだような、そういう異界じみた空間に変質する。死霊も決まってこういう日に滲み出るように浮かび上がるのだ。

栞はパンを千切って頰張りながら、楽しいことを考えようと頭を切り替える。

給食を食べ終えたなら、渚たちと一緒に体育館へドッジボールに行くのだ。体育は見学をすることが多かったので、しっかりとドッジボールを最後までしたことがない。満足にボールを投げることができるかも不安だが、ボールを避ける方ならそれなりにうまくできるかもしれない。

足手まといにならないか、それが気に掛かる。

不安で仕方ないがそれでも止めようとは思わなかった。

急に敦が席を立って食器の片付けを始めた。まだ食べ始めて十分も経っていない。少しでも早く食べ終えて、できるだけ長く遊ぶためだ。

栞は今まで、そんなことは考えもしなかった。悠長に味わって食べていたら、昼休みが終わってしまう。

慌てて残りを頬張る栞を余所に、男子たちが次々と食器を片付けて大急ぎで体育館へと走って行く。バスケットボールやバドミントンをするグループの子もいるので、体育館でドッジボールができるかどうかは早い者勝ちだ。

「急がなくて良いよ。先に行っているから」

渚が優しくそう言って教室から出て行く。

ようやく半分ほど食べ終えたが、とても全部は入りそうになかった。少なくとも食べ終わる頃には昼休みが終わってしまう。

栞はなるべく音を立てないように席を立つと、給食の残りを処分していく。クラスの決まりで好き嫌いをして残して良いのは一品だけ。いつ誰に注意されるか、気が気ではなかった。

そそくさと廊下へ出てから、小走りに駆け出してようやく胸を撫で下ろした。

「今度からもっと急いで食べなくっちゃ」

ただでさえ、周りよりも身体が小さいのだから、食べるスピードを上げなければとても他の人のペースに追いつかない。その点、渚も敦も学年でトップレベルに背丈があった。

渡り廊下を通って、旧校舎側の階段から一階へ回ったところで、栞の足が止まる。

体育館の前にトレンチコートを着た背の高い女が立っていた。毒虫の脚のような黒髪を背中まで伸ばして、じっと体育館の中を見つめているようだ。横顔と袖から覗く手や、脚が紫色に変色している。

どんなモノであるのか、栞には判断がつかないが、生きている人間ではない。

足元を駆け回る児童たちは見えないようだが、自然と女を避けているようだった。

身動きが取れない。じっと視線を逸らさずに見つめるが、女は微動だにしない。

栞は息を呑んだまま、そっと後ろへ下がり、体育館の横側の出入り口から入ることに決めた。

上履きは汚れるし、雨にも多少打たれることになるが、それでもあの女の横を通り過ぎる気にはなれなかった。窮奇が言っていたように、人は妖魔には勝てないのだから。

重い扉を開いて中へ入り、雨粒を払い落とす。

体育館の中のコートは既に埋まっていて、奥の方で他のクラスの児童がバスケットボールをしており、手前側のもう半分で渚たちがドッジボールを始めていた。残りのスペースにもバトミントンや一輪車の練習をしている児童がいて騒がしい。

「穂束。こっちだ」

手を振っている敦の元へ急ぐ。

「今日は穂束もドッジやるからな。俺のチームに入れる」

一瞬、他の男子たちが戸惑うような表情を見せたが、声をあげて反対する者は誰もいなかった。

「穂束はこっち。相手チームには渚がいるから気をつけろ。あいつはチーム戦の時は容赦しないから。とにかくお前は相手のボールをよく見て避けてればいい。下手にボールを取ろうとするなよ」

「うん。分かった」

「もしも当たったら、外野で相手が取り損ねたボールを取る。難しかったら他の外野にパスすればいい」

頭の中ではイメージできるが、実際にできるかどうかは分からない。

「穂束。楽しもう」

頷いてコートへ入る。体育館の床に貼られたテープの枠を確認していると、相手側のコートに入った渚と目が合った。

ホイッスルが鳴ると同時にコートの中心でボールが真上に上がる。ジャンプした敦の指先がボールを自陣へと入れると、拾い上げた児童が俊敏にボールを投げつけた。しかし、相手は難なくボールを胸で受け止めるように捕ると、短い距離で勢いをつけて振りかぶる。

その相手と目が合った。——狙われている。そう分かった瞬間、左右のどちらに避けようか考えてしまい、身体を動かすのが遅れた。放たれたボールが真っ直ぐに栞へと飛んできて、胸にぶつかって上へ跳ねる。

地面に落ちる前にボールを捕ればアウトにはならない。

懸命に伸ばした指がボールに触れた瞬間、胸に抱き寄せるように捕まえる。

おお、と周囲にどよめきが起こった。

「上手いじゃん。思いきり投げてみな。狙うのは胸じゃなくて、膝のあたり。あんまり下を意識すると床にぶつかるから、胸から下なら何処だっていい」

うん、と答えてみたが、ボールが思いのほか大きくて掌に乗らない。まるで片手で持てる気がしなかった。

「両手で持って、勢いがついたら片手で振りきる感じ。投げたらすぐに避けるようにしとけよ」

敦のアドバイスに頷いて、言われたように渾身の力を込めて投げてみるが、ボールは床に一度バウンドしてから相手に捕られた。すぐに鋭いひと投げで簡単に返り討ちにされる。

「穂束、アウト。外野ね」

「うん」

外野へ移動する途中、ぶつけられた肩の辺りがじんじんと痛んだ。しかし、それ以上に驚きの方が大きかった。

生まれて初めてやったドッジボールは想像していたよりも遥かに楽しい。今までみんなと授業を受けていなかったことを後悔するほどだ。身体を動かすこと自体、今まで楽しいと思ったことがなかった。

それから栞はボールを懸命に投げたり、避けたりしながら、ドッジボールを思う存分楽しんだが、肝心の試合は呆気なく負けてしまった。

しかし、チームの誰も栞のことを足手まといだとは言わない。それればかりか、今度はこうした方が良い、ああした方が良いとアドバイスをくれさえした。

「もう一回、メンバーを替えてやろうぜ」

全員が集まって、じゃんけんをしようとした時だった。

「おい。そこどけよ」

尖った声と同時に、ドスンと重い物がぶつかる音がした。渚が膝をついてこけた姿を見て、後ろから倒されたのだとようやく理解した。バスケットボールを持った六年生の男子が数人立っていて、こちらを見てニヤニヤと笑っている。

「もう一試合やっただろ。代われよ」

恫喝する声に誰もが視線を逸らし、沈黙する中、栞は自分でも驚くほど平然としていた。

渚に肩を貸して立ち上がらせてから、真正面から彼らを見る。

小柄な自分よりも遥かに強い存在だというのは分かる。喧嘩をして勝てるような相手ではなかった。

「ほら、どけよ。チビ」

「……謝ってください」

「あ？」

「今日の体育館は四年生が利用する日です」

名札を見ると、そこには荒川《あらかわ》とある。

「荒川くんたちは六年生なんだから、諦めてください。あと、いきなりぶつかったことを渚くんに謝ってください」

「なんだよ。生意気だな、お前」

次の瞬間、左の頬に痛みが弾けた。身体が右に倒れて、床に肘をぶつける。――殴られた、と分かるまで少しだけ時間がかかった。

口の中に広がる血の味を感じながら、これが喧嘩なのだと栞は今更ながらに実感した。

「いいからどけよ！　どけ！」

荒川が顔を真っ赤にして叫んでいた。

今まで感じたことのない激しい感情に血の気が上る。

「謝らない。殴ったのはそっちだ」

「なんだと」

胸倉を掴み上げられたところに敦と渚が止めに入ったが、体格がまるで違う。大柄で体重もある相手に突き飛ばされて、三人とも硬い体育館の床に激しく身体をぶつけた。

頭に勢いよくバスケットボールを投げられて視界が揺れる。

「栞くん。大丈夫？」

渚が庇うように前に立った。その後ろで敦が荒川に掴みかかり、乱暴に殴りつけられる姿を目の当たりにして、栞の中で臨界点を超えた何かが出口を見つけて噴出する。


俄に、児童たちの凄まじい悲鳴が体育館に響き渡った。


体育館の入り口にトレンチコートの女が立っていた。

下顎がなく、喉の奥から垂れた赤黒い舌が左右に揺れていた。前の開いたコートの中は血塗れで、首の辺りから臍の下まで潰されたようになっている。

眼球はなく、落ち窪んだ眼窩には闇が蠢いていた。

パニックになった児童たちで騒然とする中、栞だけが女の方を見ていない。

絶句して震え上がっている荒川を、怒りを以て睨みつけていた。切れた唇から溢れた血が体育館の床へ糸を引いて落ちる。

「——謝れ」

栞の強い語気に鞭を打たれたように、女が猛然と駆け出して荒川へと襲いかかった。

悲鳴が弾け、激しい雨交じりの風が吹きつけたかと思うと、女の姿は忽然と消えていた。

腰を抜かして尻餅をついている六年生の一人が、周囲を見渡してはっとなる。

「おい、荒川は？　あいつ、何処行った？」

荒川が立っていた場所には、血のついた歯が一つ転がっているばかりだった。


騒ぎを聞いた教師たちが体育館へ駆けつけたが、どれだけ探し回っても荒川昌人《まさと》の姿は見つからなかった。

学校側は体育館にいた児童たちから事情を聞き、校内に不審者が侵入し、男子児童が行方不明になっていることを警察に通報。たちまちパトカーが駆けつけて校内は騒然となった。

掃除は中止、教師たちが登校班に付き添う形で児童たちは集団下校することに決まった。

児童たちが下校後、学校は全ての保護者にメールで不審者に関する事件の概要を説明、明日も休校とする旨を発信したが、問い合わせの電話が殺到した。

警察の捜索の甲斐もあり、一時間後には学校から僅か一ブロック先の交差点で立ち尽くしている荒川昌人を発見。保護されて病院へと搬送された。

たまたま荒川を見つけた交通課の巡査は、そこが数年前に起きた凄惨な死亡事故の現場であることを知っていたが、今回の事件と結びつけるようなことはなかった。

事故現場には錆びた空き缶が幾つか供えられているだけで、献花に来る人間も途切れて久しく、枯れた菊が折れた首をだらりと垂らしていた。

第五章　雨獣

一

同じ登校班の児童たちと別れた直後、見計らったように窮奇が栞の前へ姿を現した。

黒いシャツとズボンの鍛え抜かれた男は否応なく目立つ。騒ぎにならないよう、栞が一人になるまで様子を窺っていたに違いなかった。

「……窮奇」

「なんだ、その情けない顔は。死人のように真っ青だぞ」

そう言って持ってきたタオルで雨に濡れた頭を乱暴に拭いてくれる。

「また死霊が出たか」

「……ぼくのせいでした」

「ん？」

「この間も、今日も。ぼくが嫌いだと思った相手に霊は襲いかかっていたんです。——やっと分かった。ぼくが引き寄せて、ぼくが襲わせていたんだ」

確信があった。胸の奥で蓄積してきた怒りが、噴火するように誰かに向いた時に死霊が人を襲う。前回は無意識だったが、日頃から自分のことを虐めていた修一たちに対して怒りが向いたのだろう。

「ほう。襲え、と命じたのか」

栞は激しく首を横に振る。そんな恐ろしいことは断じて考えてなどいなかった。ただ友人を傷つけたことを謝って欲しかったのだ。

「ならば小僧のせいではあるまい。要因には違いないだろうがな」

栞はようやく顔を上げることができた。体育館から逃げるように離れて、それからずっと自分を苛み続けていた罪がほんの少し軽くなったような気がした。

「小僧。貴様が死霊や妖魔を惹きつけるのは、それだけの影響力を持つからだ。貴様の感情に呼応するモノがいてもおかしくはない」

「……ぼくは、どうしたら」

「手段は教えてやったろう。己の陰陽を和合させろ、と」

いつも意識していた筈なのに、あの瞬間だけは確かに気がそぞろになっていた。

「銀の奴に修行をつけて貰え。そうすれば多少はマシになる」

そういって踵を返して坂道を上り始めた窮奇の袖を必死に掴む。

「待って。荒川くんがいなくなってしまって。お願い。窮奇、一緒に探して」

「……人の子を呪い殺せるような奴の気配は感じられん。大方近くで見つかっている頃合いだろう。多少精気を吸われているだろうが、命にかかわるようなことにはならん筈だ」

ぽん、と背中を優しく叩かれて、栞はホッとして涙が溢れた。

「あの時、自分が自分じゃなくなったみたいになって。絶対に許せないって。そう思ったんです。そうしたら、あんなことに……」

敦が殴られているのを見た瞬間、感情を抑えることができなくなってしまった。

「怒りに呑まれたか」

窮奇は落ち込む栞を前に、楽しそうに笑う。

「それでいい。貴様のような小僧が感情を抑え込んでどうする。他人のことなぞ気にせず、吐き出してやればいい。そうすれば愚鈍な餓鬼共もぞんざいにしていい人間ではないと気づく」

「ぼくは嫌です。やっと友だちができたのに」

最初から持っていないものなら諦めもつくが、一度手に入れてしまったものをなくすのは、この上なく辛い。

窮奇は小さく溜息をついて、ふん、と鼻を鳴らした。

「ならば励め」

そう言って勾配のきつい坂道をぐんぐんと進んでいく。

窮奇はああ言ったが、栞はまだ気分が晴れなかった。

あの瞬間、栞の中に荒川に対する敵意があったのは確かだ。決して死霊をけしかけようなどとは思わなかったが、目の前から消えてしまえ、と強く念じたように思う。

自分の体質はどうあれ、人を傷つけてしまったことに変わりはない。窮奇が言うのだから命に別条はないのかもしれないが、どれほど恐ろしい目に遭っただろうか。下級生を叩いた報復としては、やり過ぎではなかったか。

栞は身体をぶるりと震わせて、屋敷までの坂道を歩き始めた。

「窮奇。白銀はお出かけですか？」

「薬を飲んで寝込んでいるところだ」

「具合が悪いの？」

「鵺の爪に毒があったらしい。なに、すぐに回復する。あれで場数だけはこなしているからな。熱だけで済むのなら大したものじゃない。鵺の時はこんなものではなかった」

「ちん?」

「鴆という鳥の姿をした妖魔だ。羽根に毒があり、水に浸した毒は無味無臭で暗殺にも用いられる。これに憑かれた女は髪から毒を放つ。銀がやられてな。全身の穴から血が吹き出て三日三晩苦しんだ」

「可哀想」

栞は想像しただけで気を失いそうになったが、それ以上に憑かれた女性のことを思った。自分の周囲で人が毒にやられて死んでいくのを見るのは、きっと辛かっただろう。

「どうやって助かったの?」

「毒消しだ。鴆の毒は犀の角を浸した水で解毒できる。これを見つけるのは骨が折れたぞ。それに比べれば鵺の毒など大したことはない」

窮奇は大丈夫だったの、と栞は聞こうとしてやめた。きっと彼は毒など効かないのだろう。苦しんでいるところが想像できない。

そもそも窮奇は何者なのか。

ただの人ではない、ということは栞にも分かる。だが、本人に直接問い質すのは気が引けた。呆気なく教えてくれそうな気もするが、もしかしたら虎の尾を踏むことになるかもしれない。根拠などないが、そう思えてならなかった。

坂道を上りきって町並みを見下ろすと、色とりどりの傘を差した児童たちが下校していく様子が一望できた。しかし、とても気分は晴れなかった。

「おお、栞！　無事やったんか！」

傘を差した椎名桔平がちょうど坂を上がってくるところだった。

「椎葉さん。どうかしたんですか」

「どうもこうも。ちょうど学校の傍で仕事しよったら不審者が出たって大騒ぎしちょってな、栞のことが心配で帰ってきたんや。なんや、窮奇の兄さんと一緒やったんやな。ああ、心配して損したわ」

「ごめんなさい。心配かけて」

椎葉は息を切らしながら、ニッと笑う。

「昔みたいに桔平兄ちゃんって呼んでもいいで」

「恥ずかしいから、いい」

低学年の頃までは恥ずかしいと思ったことなどなかったのだが、いつまでも小さな子どものようで呼べなくなったのだった。

「薫ちゃんに話聞いたで。行方不明やった子、すぐに見つかったらしいな」

「本当？」

「ああ。詳しくは話せん言うとったけど、病院に運ばれてったらしい。怪我もないし、意識もはっきりしちょるて」

無事だという事実に心底ホッとしながら、薫ちゃんという呼び方に驚いていた。

「先生と知り合いなの？」

「あれ？　知らんやったんか？　彼女は幼馴染みや。二人とも第二秋吉《あきよし》小学校の同級生やねん。他にも同級生が何人か先生しよるわ」

「知らなかった。ＯＢだったんだ」

「小学生の時だけな。そんなことよか、早く帰って熱い風呂に入らな風邪引く。窮奇の兄さん、栞をよろしく頼んます」

ペコペコと頭を下げて椎葉はあっという間に坂道を駆け下りていってしまった。家へ帰るのかと思いきや、そのまま町の方へと駆けていく。

「騒がしい男だ」

「優しいんです。小さな頃からいつも目をかけてくれます」

「くくっ。今も小さいだろうが」

がしがし、と頭を撫でられると、背が縮みそうな気がした。

屋敷へ戻ると、中はしんと静まり返っている。時計の秒針の音が暗い廊下に無機質に響いていた。

「ただいま」

小さく声をかけてから靴を脱いで玄関を上がる。足音を立てないように廊下を進んだ栞は、そっと白銀の座敷の障子を開けて中を窺った。

中央に敷かれた布団に横たわる白銀は、静かに寝息を立てている。

栞は少しだけ考えてから、ランドセルを廊下へ置いて座敷の中へ入った。

枕元まで近づいていき、額に触れると焼けた石のように熱い。

「……栞？」

白銀が目を開けて微笑む。

「手が冷たくて気持ちがいいね。もう学校は終わったのかい？」

「……うん。白銀、大丈夫？」

「ああ。心配はいらないよ。もう解毒薬も飲んだからね」

ゆっくりと身体を起こした白銀の顔に前髪がかかる。鈍い銀色をした細い髪が美しかった。窮奇に比べると、どうしても痩せ過ぎているように見える。

「やれやれ。心配をかけてしまったね。ん？　雨に降られたのか。風邪を引く前にお風呂で温まってきなさい」

「白銀。あとで少し話をしてもいいですか」

事情を察したのか、白銀は小さく頷いて栞の頭を撫でた。

「もちろん。窮奇は？」

「近くまで迎えに来てくれました」

「そうか。なら二人で入っておいで。私も後から頂くよ」

あ、と不意に写生大会の直前に見かけたものを思い出した。昼休みの騒動ですっかり忘れていたが、窮奇にも話しておくべきだっただろうか。

「そういえば学校でまた鵺を視ました」

白銀の顔色が変わったのを見て、栞は慌てて首を横に振る。

「でも、遠かったし、ぼくの気のせいかもしれません」

「……それは本当に鵺だった？」

言われてみれば栞は顔しか視ていなかった。距離もあり、一瞬のことだったので見間違いかもしれない。だが、あれが妖魔であることは疑いようがなかった。

「鵺じゃないかもしれないけど、あれは妖魔でした」

「猿の妖魔、か。窮奇が仕留め損ねるということが考えられない以上、そもそも一匹ではなかったのかもしれない。群体なのか、或いは何かの眷属なのか？」

白銀はそう言ってから窓の外へ目をやった。

暗い雨雲の下、激しい雨が庭木の枝を激しく揺らしている。

「……いや、まさかな」

「白銀？」

微かに首を左右に振る様子は、自分自身に言い聞かせているようにも見えた。

「お風呂に入っておいで」

「白銀も寝ていてくださいね。起こしてしまってごめんなさい」

廊下へ出てランドセルを自分の座敷へ置いてから、洋服棚から着替えを手に取って脱衣所へ向かう。

それから居間へ戻ると、窮奇が退屈そうにテレビを眺めていた。

「窮奇。一緒にお風呂に入りませんか？」

「……小僧、お前まだ一人で湯浴みもできない歳だったか？」

「いつもは一人で入れます。でもあの……怖くて」

「ふん、年相応なことを言う」

「髪を洗っていると後ろのことがすごく気になって、ちゃんと洗えないんです」

栞の困り果てた顔を見て、窮奇は小さく溜息を溢した。

「子守までしてやらねばならんとはな。明日からは銀と入れよ」

立ち上がった窮奇と共に脱衣所へ向かい、入浴の準備をする。

穂束家の脱衣所と浴室は一般家庭のものにしては大きい。祖父によれば住み込みの弟子がいたので、その際に浴槽を大きなものにしたという。

「どうした。何処か汚れていたか？」

「窮奇の身体、白銀みたいに傷だらけじゃないなって思って」

ふん、と鼻で笑いながら浴室へ入り、掛かり湯を豪快に頭から浴びて湯に浸かる。

栞がその後に続いて、窮奇の真似をして頭から湯を浴びた。顔にかかった湯を手で必死に払いのけてから、窮奇の反対側へ腰を下ろす。よほど身体が冷えていたのか、火傷をしそうなほど熱く感じたが、少しずつ体が温かい湯に馴染んでいく。

こうして眺めてみると、やはり大きな肉食獣が水に浸かっている姿を彷彿とさせる。動物園に行った時に似た光景を見たことがあるような気がした。

「水浴びもいいが、湯浴みには敵わんな」

髪を指で掻き上げながら話す窮奇の胸元に、奇妙な形をした痣があるのに栞は初めて気づいた。前に銭湯に行った時には気づかなかった。いや、怖くてよく見ていなかったからかもしれない。

「窮奇。この痣は？」

よく見ると痣というよりは、火傷の痕の方が近いかもしれない。

「これか。――封だ」

「封？」

「玄関の鍵のようなものだと思えばいい。銀の奴から何も聞かされていないのか。この身体について」

栞は小首を傾げた。

「何も」

「そうか。なら俺から話しておいてやろう。――この肉体はな、俺のものではない。奴の相方、その肉体に俺の魂が封じられている。魂魄の話は前にしてやったろう」

その話はよく覚えていた。魂とは精神を司り、陽の気を持つ。魄は肉体を司り、陰の気を持つ。栞はこの魂が常人よりも大きいため、陰気を持つ死霊や妖魔に狙われているのだ。

「この男は、小僧とは逆だ」

「逆？」

「すなわち類い希に大きな魄の持ち主だったのだ。魂に対して、魄が大きい」

窮奇は栞の反応を楽しむようにしながら、言葉を重ねていく。

「詳細は省くが、俺はこの肉体という檻に封じられているという訳だ。今は互いの目的が一致しているだけに過ぎん」

想像もしていなかった窮奇の説明に、栞は思わず黙り込んでしまった。

身体の中にもう一つの魂がある。それがいったいどういう状態なのか、想像もつかない。白銀はどう思っているのだろうか。相棒というのだから、きっと仲は良かった筈。

「……持ち主の魂は今どうなっているんですか？」

「眠っている。魂の座というべき場所には、一つの魂しか座ることができん。本来なら押し潰されて霧散してもおかしくはないのだが、魄が広大なためにただ眠り続けているのだ」

湯を顔にかけながら、窮奇は口元を歪める。

「俺の目的はこの肉体から解放されること。銀の奴も相棒の肉体から追い出そうと考えている。だが、それが一筋縄ではいかんのだ」

「その封を外すことはできないの？」

鍵がかかっている状態だというのなら、鍵を開けてしまえば出られる筈だ。

「忌々しいことに、この封は信じられんほどできが良くてな。術をかけた本人でなければ解くことができん」

「術をかけた人には、頼めないの？」

何がそんなに難しいのか理解できずにいる栞に、窮奇は忌々しい様子で口を開いた。

「この身体の主が、術をかけた張本人だ」

白銀と窮奇の思惑は一致している。

「俺が本来の力を取り戻し、封を外して肉体から離れる他はない。銀とも散々話し合った結果だ」

今朝の薫との会話を思い出す。

窮奇という妖魔がいるという話。まさか、という思いは栞にはなかった。むしろどこか納得している部分もある。

「ぼくの傍にいてくれる二人の目的が、今分かりました」

白銀が口にしたがらない理由も分かったような気がした。

「そうだ。小僧、お前は撒き餌だ。妖魔から守ってやる代わりに、俺がそいつらを喰って力を取り戻す。何もお前のためだけにいる訳ではない。——だから、そう畏まるな」

窮奇が立ち上がり、手招きする。

「頭くらいは洗ってやる。来い」

栞は嫌な予感がしたが、一緒に風呂に入って貰っているので断りにくかった。およそ丁寧に髪を洗って貰えるという想像がつかない。

「……はい」

悪い予感ほど見事に的中するもので、栞は頭を乱暴に泡まみれにされ、湯を何度もかけられて、半べそをかきながら風呂から上がる羽目となった。

当の窮奇は何が楽しかったのか、終始上機嫌に笑っていた。


夕飯は出前を取って済ませた。

相変わらず窮奇が尋常でない量の注文をしたため、出前のバイクが二台でやってきた。実際、商品を届けに来たスタッフもこんなことは珍しいと目を白黒させていた。

「――栞。今のうちに話そうか」

食事を終え、居間の座椅子に座る白銀の顔色は、幾分かよくなっているように見えた。

「場所を変えてもいいが、どうするかね」

僅かに逡巡したが、窮奇に聞かれて困るような内容でもない。

山のように重なった空の皿は、殆ど窮奇が食べたものだ。よほど腹を空かせていたのか、ものの数分も経たないうちに完食していた。

「ううん。ここでいい」

栞は学校で起こった出来事の一部始終を白銀に説明した。

自分の敵意に反応して死霊が他人を傷つけてしまった。その事実を正直に話すのは恐ろしかったが、黙っている方がずっと苦しい。

「……それは辛かったね。だが、私もきちんと説明しておくべきだった。すまない」

その言葉が何を意味するのか。栞にはもうなんとなく分かっていた。

「手帳にぼくのことが書いてあったんですね」

白銀は達観したように苦笑する。

「栞。君は本当に賢い。だからこそ、師匠は最後までこの秘密を隠し通そうと決めたのだろうね」

屋敷だけでなく、栞自身にも術がかけられていた理由。それは手帳の中に全て記されていた。

「怪異を引き寄せるだけでなく、感情が高ぶると一時的に使役してしまう。そういう能力を先天的に有している。手帳にあるだけで三度、そうした事態があったそうだ」

「……三度も」

栞の記憶にはそんなことがあった覚えがない。よほど幼かったのかもしれない。

「癇癪を起こしやすい子どもが、たった三回しか激しい怒りを抱かなかったというのは褒めるべきことだ。君は充分に自制できているよ」

「でも、ぼくは他人を傷つけました」

「怪我をさせようと、けしかけたのかい？」

「違います。でも」

敵意を抱いたことは間違いない。

「栞。人というのは誰であれ、お互いに影響を与え合ってしまうものだよ。君は悪意と暴力に晒されて、強い敵意を抱いた。それ自体は当たり前のことだ」

暴力という言葉に栞は唇を噛んだ。思い出すだけでも不快だ。

「君は周囲に与える影響が他の人よりも大きいというだけさ。逃れることができない以上、向き合わなければ。力には責任が伴う。本人が望んで得たものでなくともね」

「……責任」

窮奇の方を見ると、こちらを一瞥することもなくピザを頬張っている。二人とも同じことを言っているようで、結論が少しだけ違うのが面白かった。

「どうかしたかい？」

「ううん。なんでも」

窮奇が風呂で聞かせてくれた話は、ここで白銀に確かめる必要はない。

「さて、では私からも二人に少し話をしておきたい。——大切な話だ」

改めてそう切り出した白銀は、いつになく真剣な顔をしていた。

「師匠を殺害した、真の仇についてだ」

轟々と叩きつける雨が、再び勢いを増したようだった。

二

丑の刻、すなわち深夜二時に三人は静かに車へ乗り込むと、すぐに屋敷を後にした。

分厚い雨雲の下、嵐のような激しい雨が降り続いている。

坂道を下りて県道へ出ると、国道を東に進んでいく。

やがて高速道路の上り線へと入ると、ひたすらに北上していった。

「栞。今のうちに寝ておきなさい」

運転席でハンドルを握る白銀の言葉に、栞は首を横に振る。あんな話を聞かされた後では眠気など感じられなかった。

白銀の唱えた仮説は、俄には信じられないことだったが、それが正しいかどうかもこれから明らかとなる。

後部座席では、いつも眠りについている窮奇が鋭い視線を窓の外に投げている。猛獣の唸り声のような低い響きが車内を微かに揺らしていた。

深夜という時間と悪天候もあり、他に走っている車は一台も見当たらない。

一時間ほど北上し、もう間もなく県外へ出ようかという時だった。

「——銀。車を停めろ」

「かかったか。窮奇、行けそうかい？」

「誰に聞いている。待ち侘びたぞ」

好戦的な唸りをあげて牙を剥く。

白銀は頷いてから、指示器を上げてハンドルを切った。

パーキングエリアへ車を入れて、駐車場の中央へ停める。施設はトイレだけ。他の車は一台も見当たらなかった。

電灯の一つ、その光の下に背中を丸めて立つ狒々の姿があった。唇をめくり上げて歯を剥き出しにしており、太い腕は指先が濡れたアスファルトに触れるほど長い。羽もなければ、尾も見当たらなかった。

さらに、その背後の暗がりに妖しげに光る双眸が浮かぶ。一つ二つではない。大群と言っていい数の妖魔が光の下へと現れ出てくるのを栞は視ていた。

どれも一目で猿と分かるが、姿形は一様ではなく、微妙に異なっていた。先日の鵺のように、猿と他の獣が混じり合ったような姿をしている。

「――銀。手を出すなよ。お前は小僧と車にいるがいい」

有無を言わさぬ強い口調でそう言うと、窮奇が後部座席から外へ出た。黒い背広を脱ぎ捨て、放り投げるとそれは強風に攫われ何処かへ飛んでいってしまう。

耳をつんざくような絶叫が響き渡った。車が揺れ、車窓が震え上がる。

異形の猿の群れが窮奇へと襲いかかる中、窮奇は退くどころか、大きく息を吸って胸を膨らませた。

「ゴオオオォァアアッ！」

あまりに巨大な咆哮に雨が弾け飛ぶようだった。フロントガラスに亀裂が走り、栞は思わず耳を塞いで顔を伏せる。

妖魔が四方八方から襲い来る中、窮奇は信じがたいことにそれらを正面から殴りつけていた。狒々の顔を潰し、身体を引き裂き、蹴り飛ばしている。

「やれやれ。ずっと暴れ損ねていたからね。鬱憤が溜まっていたのだろう。こうなってしまえば私でも止められない」

「お爺ちゃんの仇は鵺じゃなかったんですか」

「妖魔は群れない。率いるモノでもいなければ。そして、妖魔を率いるとは操るということだ。圧倒的な力で支配すること。そんな真似ができる妖魔は大妖と言うんだ。——初めから疑問だった。幾ら歳を取ったとはいえ、師匠が鵺などに遅れを取るだろうか、と」

「お爺ちゃんはそれを知っていたのかな」

「どうだろうね。師匠のことだから可能性は考慮していただろう。ただ、相手の方が上手だった。——本来、妖魔なんてものは人の手に負えるようなものじゃないんだ」

「……それなのに戦うのは、どうして？」

「見ていられないからさ」

当然の答えであるように白銀は簡潔にそう言った。

「妖魔や怪異と呼ばれるものは人の目には見えないモノたちだ。だが、それらによって起こった悲劇は確かにあるんだよ。理由も分からず、大切なものを奪われた人たちの力になりたい。かつて師匠が私にそうしてくれたように、私も誰かを助けたいんだ」

妖魔を前に窮奇は一歩も引かないどころか、圧倒しているように見えた。

爪も牙ももののともせず、殆ど一方的に蹂躙していく。

「でも、どうして急にこんなに大勢で襲いかかってきたんでしょうか」

「おそらく私たちが県を越えようとしたからだ。余所の土地へ移られては都合が悪いのだろう。私たちが戻ってくるという確証もない。だから、ここで決着をつけることにしたのさ」

決着という言い方をしているが、それが何を意味しているのか栞には漠然と想像がついた。狙われているのは自分なのだ。失敗すれば喰われてしまうことになる。

「怖いかい？」

「ううん」

強がりではなかった。恐怖よりも好奇心の方が勝っている。祖父を殺した真の仇。その正体がどうしても知りたかった。

窮奇の膂力はおよそ人間のそれではない。巨大な妖魔の腕を手に取り、乱暴にもぎ取ってしまう。拳を打てば肉を裂いて骨を砕く。獰猛に咆哮をあげながら、戦いそのものを楽しんでいるのが見ているだけで分かった。

やがて最後の一匹の顔を容赦なく踏み潰して、窮奇は濡れた髪を掻き上げる。

死んだ妖魔の肉体が黒い灰に変じて、煙を上げながら風雨に吹き飛ばされていった。

窮奇が鼻をひくつかせて、鼻の根に皺を寄せて唸り声をあげる。

「――この悪臭には覚えがあるぞ」

まるで弁を閉めたように、風雨が止んだ。

忽然と駐車場に現れた人影を見て、栞はすぐに車の外へ飛び出した。

見間違いだ、という思いがあり、同時に見間違える筈がないことも分かっていた。

「なんで君がこんなところにいるの？　ねぇ、渚くん」

天内渚は教室で見せる笑顔と何一つ変わらない様子で、栞へ小さく手を振った。

「ごめんね。栞くんに逃げられる訳にはいかないんだ。色々と制約があるんだよ」

近づこうとする栞の手を、追いかけてきた白銀が握り締める。

「その身体の持ち主は？」

渚は温和に微笑みながら、答えようとはしない。

「博打だったけど、うまく息子の身体に移ることができてよかった。大人の姿で君に近づくのは難しいからね」

栞は白銀にしがみついていなければ、立っていることすらままならない。悪い夢でも見ているような気分だった。

「栞くんほど眩い魂の輝きを持つ人間なんてそう生まれてくるものじゃない。この機会を逃す訳にはいかなかったんだ」

「渚くん、君はいったいなんなの？」

「僕が何者かは、そこの道士に聞くといい。いや、そっちの狂虎も勘づいたかな。耄碌してなければ思い出すだろう」

駆け寄っていかないよう栞の手を握る白銀が、いつになく緊張しているのが伝わってくる。

「古代中国。壊河の異名を持つ淮河《わいか》の神にして、洪水を引き起こし、悪霊や妖魔を操る力を持つとされた強大な猿妖《えんよう》。古代の帝王である禹《う》が神々と共に大索をかけて封じ、金鈴《きんれい》をつけて水底に沈めたという。――名を無支祁《むしき》」

「ご名答。眠っていたところを大人数でワラワラと起こしにきてくれてね。君たちは数が増えると災いを起こすだろ？　だから少し減らしてあげようと思ったんだ。だけど、この身体の父親が思いのほかもろくて。まあ、おかげで君に近づけたから良かったのかもね」

俄に渚の、無支祁の瞳が金色に変じた。それは窮奇の瞳によく似ていた。

「栞くん。君のお爺様はとっても強かったよ。おかげで何匹も手下を殺された」

「――渚くんがお爺ちゃんを殺したの？」

そうだよ、と友人の姿をした妖魔が頷く。教室で見せる、いつもの笑顔と何一つ変わらない。

「僕に辿り着くまで時間の問題だったからね。そのままにしておく訳にはいかなかった。栞くんの魂を喰らい、肉体の封印を解かねばならない」

ごめんね、とほんの少しだけ心苦しそうに無支祁に支配された少年は笑う。

「ぼくを騙していたの？」

「栞くんのことは友だちだと思っているよ。でも、もう君が学校に戻ることはない」

その瞬間、飛びかかった窮奇が真横から無支祁を殴り飛ばした。――かに見えたが、拳と無支祁の間には水の塊のようなものがあり、それが拳を受け止めている。

「ちっ。駄目か」

「まだ話の途中だよ」

駐車場の水溜まりが蠢いたかと思うと、鋭い棘のようになって窮奇に突き刺さった。鋼の肉体が貫通され、赤い血が足元に広がっていく。

「狂虎のお前が人の身体に封じられているとはね。嘆かわしい」

「黙れ」

窮奇が唸りながら身体を動かそうとするが、突き刺さった棘が体内で細かく枝分かれしているため、縫いつけられたように身動きが取れない。

「そこで大人しくしていろ。先に用件を済ます」

一瞬で窮奇を無力化した無支祁を遮るように、白銀は栞の前に立った。

「やれやれ。正面から攻めることしか知らないから、過信していつも足を掬われるのさ」

そう言った白銀は上着の内側から煙草を取り出すと、口に咥えて先端を指先で撫でて火を点けた。そうして思いきり煙草の煙を吸い込むと、ぶるぶると身体を揺らして感極まったように唸る。

「ああ、やっぱり煙草は最高の嗜好品だね。禁煙なんてやってられないよ、ホント」

白く燻る煙の香りは、懐かしい祖父の匂いがした。

「栞。車の所まで下がっていなさい」

栞は自分に何かできることがないか考えたが、足手まといにしかならないことを自覚して、とにかく車の方へと逃げていった。

「この国に道士がいるとは思わなかったよ。学校の上を使い魔で監視していただろう」

「念のためにね。まさか児童の一人に巣くっているとは思っていなかったさ。師匠が見落としてもおかしくない。いや、師匠が死んだからこそ安心して栞に近づいたのか。無支祁といえども、今のお前は魂魄のごく一部に過ぎない。肉体は幼い子どものものだし、歴戦の術者を相手に慢心は命取りか」

三ヶ月同じ学校にいながら栞に手を出さなかった理由。それは無支祁が万全を期したからに他ならない。

「憑きもの落としは十八番でね。あちらでさんざんやってきた」

そう言うと、白銀は煙草を咥えたまま胸の前で合掌し、何事かを短く呟いて、手を離す。

すると一枚の紙が手の中から現れた。

一枚の霊符。文字と絵柄が美しく書き込まれたそれを右の掌に載せて、白銀が円を描くように動かすと、その軌道に霊符が次々と現れていく。複雑な足の動きの禹歩《うほ》と共に霊符は数を増やしていきやがて大きな三重の円となった。

「病み上がりの上に急拵えの霊符だが、味わうといい」

符に描かれた模様が、一斉に眼を開いた瞬間、栞は空中に浮かぶ霊符の球が白く輝くのを視た。

霊符一枚一枚から放たれた光が弧を描いて無支祁に襲いかかるや否や、無支祁は水の上を滑るように逃げる。

外れた光は駐車場の水溜まりを焼いて白い煙をあげた。

「相手の霊格が高位であるほど威力が増す。鵺のような腕力自慢には効きが悪かったが、流石の無支祁には桁違いだね」

煙草を燻らせながら、白銀は飄々としている。

無支祁は追い縋る光筋を水で防ぎながら、忌々しい様子で白銀を睨みつけた。

白銀の足元の水面が揺れたかと思うと、あの水の棘が勢いよく突き出したが、途中でボロボロと崩れてしまった。

動揺して立ち止まった無支祁に光が直撃し、大きく爆発した。大量の水に大きな熱量が加えられたため、水蒸気爆発を起こしたのだ。

びりびりと空気が揺れて辺りが真っ白になる。

「今回、猿の妖魔だというから水気には当然備えていた。相克する土気は山中のここなら欠かすことはないよ」

白銀がそう言った刹那、その右頬を何かが鋭く切り裂いた。煙草の先端が落ちて、音を立てて火が消える。

「……おっと。これはマズい」

水蒸気の向こうに楽しげにしている無支祁の姿があった。

ドッジボールをしている時と同じ、楽しくてしょうがないといった表情が白銀を見つめている。

「楽しいな。こんなに楽しいのはどれくらいぶりか」

少年のように笑いながら、戦慄している白銀へ狙いを定めるように人差し指を向ける。

「少量の水しか扱えなくても要は使い方だ。栞くん、一緒に理科の授業で習っただろう？」

無支祁の足元で甲高い音がしたかと思うと、針のように細く打ち出された水が霊符の球を真横に切り裂いた。水を圧縮して放つ、ウォーターカッターと同じ道理だ。

「道士を三枚におろしてみよう」

無支祁が言い終わるよりも早く、白銀が新たな霊符を出現させ、壁のように展開した。放たれた水が壁を一瞬で切り裂いたが、白銀の姿は忽然と消えていた。いつの間にか栞の姿もない。

ぽつん、と車が留め置かれたままになっている。

「いいね。真夜中のかくれんぼか」

楽しげな無支祁の背後で、硬質な硝子が砕け散るような音がした。

振り返ると、血塗れの身体で平然としている窮奇の姿があった。太い腕に力を込めると棘が押し出されるように地面へと落ちていく。

「お前の相手は後だと言ったろう」

「そう言うな。銀の相手ばかりされては俺がつまらん」

「一つ聞かせて欲しい。狂虎のお前が、どうして栞くんを喰おうとしない？　その封を解きたければ彼を食べてしまえば話は早いだろうに」

「生憎、この身体では人の肉は喰えん」

「暴虐の限りを尽くした人喰い虎が、今は子ども一人喰えないとは嘆かわしいね」

「あんな痩せっぽちを喰って何が面白い。――それに最初に喰う人間はもう決めてある」

みしみし、と筋肉が圧縮されるような音が周囲に響く。万力を込めて握り締められた拳を構えて、窮奇は牙を剥いた。

獲物の息の根を止める獣のように猛然と襲いかかる。

それを古代の大妖が嬉々として迎え撃った。


無支祁は自分の周囲に圧縮した水の塊を幾つも浮遊させて、窮奇との間に緩衝材として備える。防御と同時に、他の水塊には圧縮した水を細く吐かせて切断するという攻撃も用意していた。

そんな策に対して、窮奇は尊大な態度を崩さない。

拳を岩よりも尚固く握り締めて、容赦なく殴りかかる。

その速さは無支祁の反応速度を遥かに凌駕していたが、水塊が反射的に攻撃を受け、同時に殺意へ反応して水流を発射した。

鉄板さえ即座に貫通するほどの威力を持った水は、しかし、肉体を貫通することはできずに弾かれていた。

攻撃をものともせず、窮奇は二発、三発と殴りかかるが、これらも水塊を押し潰すばかりで拳が届かない。

に笑う。

「埒が明かんな」

僅かに距離を取って、拳をさらに固く握り締める窮奇を見て、無支祁の少年は呆れたように笑う。

「風神と恐れられたのも過去のこと、か」

「自身で名乗ったことなどない。空を駆ける俺を見た人間共が勝手に崇めただけだ」

「その通りだ。私も水の神なんて名乗ったことはないのだけれどね。いつだって人間は恐れるものに役割を求める。愚かなことだ」

「貴様は封印を解いたら、どうするつもりだ」

「どうもこうも。とりあえず麓の町は全て水に沈める。不必要に山を切り拓いて大地を汚されるのは嫌いなんだ。自然と調和していないだろう？　かつてのように天帝が大地を大水で浚ってしまえばいいとさえ思うよ」

「人間が嫌いか」

「全てを滅ぼそうとは思わないさ。この三ヶ月間、ただの子どもとして生きてきたが、思っていたよりも悪くはなかった。愚かなりに愛せる部分も多い。だが、やはり数が多い。間引いてやるべきだろう」

くつくつ、と窮奇は堪え切れなくなったように笑う。

「それこそ神のようなことを言う。連中のように人草とでも呼ぶつもりか」

人草。何処にでも生え、蔓延っていくもの。

「お前はそう思わないのか？　僕よりも長く人間として生きてきたんだろう。改心して人の守護者にでもなるつもりか」

「確かに様々な人間を見てきた。愚かな者もいれば、賢い者もいる。唾棄すべき塵屑もいれば、生きるに値する人間もいる。——だが、そんなことはどうでもいい。気に入らねば殺すし、興が乗れば助ける。それだけだ。俺は俺の好きなようにする。相手が人間であれ、妖魔であれ、神々であれ同じことだ」

どこまでも尊大な物言いに無支祁が腹を抱えて笑う。

「ああ、可笑しい。じゃあ、あの道士は？　興が乗ったのか」

「あいつはこの俺が認めた数少ない人間だ。俺が喰い殺すに相応しい」

無支祁は窮奇の答えに困ったような顔をしてみせた。人間の中に棲むということは魂を共存させることに他ならない。好むと好まざるとにかかわらず、互いに干渉し合うものだ。今の無支祁も天内渚の魂によって本来のそれから変質している。

「お前を喰らい、俺はまた力を取り戻す」

「狂虎め」

「一つだけ教えておいてやろう。化け猿。——俺の相棒は貴様よりもよほど悪知恵が働くぞ」

窮奇が笑みを浮かべた瞬間、背後から差した光が無支祁の背中を灼いた。

悲鳴と共に背後へ水流を一閃する。

振り返ると、空中にずらりと霊符を並べて立つ白銀の姿があった。

「これはいい。肉体に傷はつかないのか。魂魄だけを焼き殺してしまうことにしよう」

冷ややかな声に無支祁の顔に怒りが浮かぶ。

我を忘れたように襲いかかるのを見ていた窮奇が加勢しようとして、背後からやってきた栞に手を握られていることに気がついた。

「小僧。邪魔だ。隠れていろ」

栞は首を横に振って、じっと窮奇の瞳を見上げた。

「このままだと負けます。だから」

かがんで、と栞に言われて膝を曲げると、栞の小さな手が露わになっている胸元の痣にぴたりと触れた。

窮奇がギョッとして息を呑んだ瞬間、膨大な力の濁流が身体の中へ注ぎ込まれていくのを知覚した。轟々と流れる大河そのものが身体の中に入り込んでくる。

「窮奇。ぼくたちを助けて」

胸元から黒い煙が湧き上がったかと思うと、膨れ上がるように辺りを一瞬で包み込んだ。

◇

時間は僅かに遡る。

隠遁の呪符によって姿をくらました白銀と栞は茂みの中に身を隠していた。

ぬかるんだ土の上に血が雫となって滴り落ちているのを見つけて、栞は手でそっと白銀の血の滲んだシャツを押さえる。

「大丈夫。鵺の時の傷が開いただけだよ。栞こそ、怪我はしていないね？」

こくこく、と頷きながら栞は白銀の傷口から出る血が止まらないことが恐ろしくて仕方がなかった。

脳裏を何度も、あの夜の出来事が過って身体が動かなくなりそうだ。今にも泣きそうになる気持ちを必死で奮い立たせていた。

「栞にとっては辛い結果になってしまったね。クラスメイト、それも友だちだったんだろう？」

「……白銀は敵が学校にいるって知っていたの？」

「途中から可能性の一つとして考慮していた。鵺のことがあまりにも呆気なかったからね。学校以外のことは使い魔で大凡のことは把握できる。何かがあればすぐに周囲に影響が出るのが社会というものだ。だが、学校は違う。あの中は治外法権、一種の結界だ。外からでは中のことは分からない。それこそ師匠でもね」

もし自分が気づくことができたなら、何かが変わっていただろうか。そんな考えが栞の中に浮かんだが、終わってしまったことを考えても仕方がなかった。

「渚くんは、ぼくの初めての友だちなんです」

「ああ」

「でも、お爺ちゃんや白銀たちを傷つけられたら、それが友だちでも許せません」

そうはっきり伝えると白銀は笑みを浮かべて、小さな子にするように頭をワシワシと撫でる。

「栞。私たちに君の力を貸して欲しい。一つだけ考えがある」

「考え？」

「今のままでは押し切られる。窮奇は丈夫だが、決め手に欠けている。それに対して、あの様子だと無支祁はまだ本気を出していない。その気になれば窮奇も私も一撃でやられるかもしれない。そうなる前に、こちらから仕掛ける」

「どうするの？」

「窮奇の封を、君が解くんだ。――一時的なものだがね。特大の魂を持つ栞ならば、陵蘭を起こせるかもしれない」

「……陵蘭って白銀の相棒だった人？　窮奇の身体の持ち主」

「窮奇から聞いていたんだね。なら話が早い。窮奇の胸にある痣に触れると魂魄が繋がる筈だ。常人なら気を失って終わりだが、栞なら大丈夫」

理屈は栞にはよく分からなかったが、何をすべきかは理解できた。

迷っている暇はない。これ以上、出血が続けば白銀が死んでしまう。

「やります。ぼくにもできることがあるなら何でも」

「ありがとう。時間は私が稼ぐ。無支祁の意識が私に向いたらすぐに窮奇の元へ向かうんだよ」

茂みからそっと顔を出して二人の戦いを遠巻きに眺める。

タイミングを間違えたら終わってしまう。

栞は自分が殺されることよりも、足手まといになって二人を巻き込んでしまうことが何よりも恐ろしかった。

これ以上誰にも自分のために死なないでほしい。それだけが願いだった。

小さな拳を握り締めて、そのタイミングを辛抱強く待った。

◇

もう一歩で白銀の首が飛ぶ、という刹那に攻撃が止まった。首筋に触れた水が緩くなって首元から下へと伝っていく。

無支祁は呆然と背後で湧き起こった黒い煙を眺めていた。煙と呼ぶには余りにも濃密な力の流れを前に言葉が出て来ない。

この光景が何を意味するのか。それを信じることができないかのように無支祁は笑う。

「ありえない」

少年の声が震えていた。

やがて煙の向こう側から、烏のような漆黒の翼が現れたかと思うと煙を払うように広がる。巨大な翼を持っているのは一匹の黒い虎だった。漆黒の体毛に、磨き上げた銀器のような色の縞模様が入っている。瞼が開いて覗いた瞳は金色をしていた。

トラックほどの大きさの巨大な虎が前脚の付け根から、その巨体に相応しい翼を広げる様子は見ている者を震撼させる。

その虎の向こうで、横たわる陵蘭に寄り添う栞の姿を白銀は見つけた。

無支祁の周りに浮いていた水塊が力なく足元へ落ちて飛沫を上げる。

「栞くん。やっぱり君を最初に手に入れておくべきだったね。少し用心しすぎたよ」

くしゃくしゃとした顔でそう告げた瞬間、窮奇が息を吸うのが分かった。

轟ッ、と凄まじい咆哮が炸裂した。

その瞬間、栞は渚の身体から白く光る何かが、散り散りに吹き飛ばされていくのを視た。

「渚くん」

栞が飛び出して渚に駆け寄るが仰向けに倒れたまま動かない。

「下手に動かさない方がいい。まず私が診てみよう」

ふらふらとした足取りでやってきた白銀が咳き込みながら、渚の容体を調べていく。

「大丈夫。生きているよ」

「さっき渚くんの身体から白い泡みたいなものが出ていくのを視ました」

「泡？　つぷ。あはは」

「白銀？」

「栞、それが無支祁の魂魄だよ。伝承によれば石にされているというから、魂魄の一部を憑依させて身体を乗り移ってきたんだろう」

「じゃあ、もう大丈夫なの？」

「おそらく。暫くは様子を見た方がいいと思うがね」

懸命に立っていた脚から力が抜けて、栞はその場に尻餅をついてしまった。ぶるぶると手が震えている。

それでも栞はなんとか顔を上げて、こちらを見下ろしている巨大な黒虎を見た。

「窮奇。ありがとう。渚くんのことまで助けてくれて」

『……俺の知ったことではない。銀、今ここで決着をつけてやろうか。身体を取り戻せば真っ先に喰ってやると言ったろう』

白銀は頭から血を流しながら、平然と煙草を取り出すと口に咥えたが、水で濡れていて火が点かない。

「それは好都合だ。今のお前相手なら刺し違えるぐらい造作もないことだろうしね。……いい加減、彼に返してもらおうか」

『戯れ言を』

地響きのような唸り声を窮奇があげた瞬間、飛んだ靴が窮奇の顎に当たった。

いつの間にか立ち上がった栞は片方の靴を履いていない。

「喧嘩はしないでって言ったのに」

非難がましい視線に、窮奇は大きな溜息を溢すとゆっくりと眼を閉じた。

『興が削がれた。——銀、お前は俺よりも奴の相手をすべきではないのか？』

はっ、として白銀が向けた視線の先に男が立っていた。温和な表情で満足げにこちらを見つめる相棒を前に息を呑む。

「陵蘭」

陵蘭と呼ばれた男は何も言わずに、ただ首を横に振って、それから静かに白銀のことを指差した。

「すまない。待っていてくれ。いつか必ず」

白銀の言葉は震えていた。

ニッ、と陵蘭が歯を見せて笑ったかと思うと、窮奇の輪郭が溶けて黒い煙へと変じる。

そうして突風と共に黒煙が陵蘭の胸へと悉く吸い込まれていき、やがて身体は仰向けに倒れた。そうして大きな鼾をかき始める。

空を見上げると、いつの間にか夜空を覆っていた雨雲が何処かへ消えていた。

分厚い雲の向こうには、美しい満月が燦然と輝いている。

三

渚が学校へ戻ってきたのは一週間ほど経ってからのことだった。

心配していたクラスメイトたちに囲まれた渚に栞はなかなか話しかけることができないでいたが、放課後に渚の方から栞の家へやってきた。

「ごめんね。学校では話しにくくて」

「ううん。上がって」

「ありがとう。あの二人のお兄さんたちは？」

玄関で靴を脱ぎながら、恐る恐るといった様子で尋ねる。

「白銀は病院。窮奇は縁側でぐっすり寝てるよ」

「そっか。……謝ったほうがいいよね」

栞は少しだけ考えたが、首を横に振った。

「多分、いらないと思うよ。渚くんのせいじゃないし。とりあえずぼくの部屋においでよ」

友だちが部屋にやってくるのは初めてのことだ。栞は浮き足立つのを堪えて、渚を案内する。

居間から縁側を見ると、横になった窮奇が鼾をかきながら寝ているのが見えた。

「こっちだよ」

廊下を進んだ先、自分の部屋へ渚を招き入れると、なんだかむず痒い気持ちになった。

勉強机の椅子を勧めて、栞は薄い座布団に座ってクッションを抱きしめた。

「……渚くんは、何か覚えているの？」

「なんとなくね。身体を乗っ取られていたけど、意識は夢を見ているみたいだった。皆と遊んだことも覚えてる。栞くんとドッジボールしたことだって覚えてるよ」

「お父さんは大丈夫？　お父さんから渚くんに移ったみたいだったけど」

「一応、大丈夫なのかな。でも、どうして自分が帰国したのか。どんな研究をしていたのか全然思い出せないって話してた。発掘の計画もいつの間にか中止になって、すごく落ち込んでたよ」

「お仕事、大変そうだね」

「うん。でも、一緒に暮らせるみたいだから。お母さんと弟は喜んでる」

妖魔に関わらずに済むのなら、それに越したことはない。命があるだけで奇跡のようなものだ、と白銀も話していた。重篤な症状が出て意識が戻らないケースもあるという。

「それよりも、お爺ちゃんのことを謝りたいんだ」

強張った顔でそう切り出した渚に、栞は慌てて首を横に振る。渚は決して加害者ではない。むしろ被害者である筈だ。

「いいよ。渚くんのせいじゃないよ」

「でも、僕があんなことにならなければ死なずに済んだじゃないか」

涙ぐんでいる様子を見ながら、栞は困惑した。

祖父の死は悲しい。だが、それが友だちのせいなどとは思いたくなかった。

「お爺ちゃんが聞いたら、きっと同じことを言うよ。君のせいじゃないって」

「……ありがとう。あのね、もしよかったら、お線香をあげてもいい？」

まるで大人みたいなことを言うんだな、と栞は感動してしまった。同じ立場になった時、そんな言葉が自分の口から出てくるとはとても思えない。

「うん。ありがとう」

渚を仏間へと連れていき、仏壇の照明を点ける。

「待ってね。ローソクに火を点けるから」

マッチを擦る瞬間はいつも緊張する。おっかなびっくりマッチを何度か擦って、ようやく点いた火を慌ててローソクへ点す。舐めるように手元へと広がっていく火を吹き消して、焦げた棒を陶器の中へ捨てて胸を撫で下ろした。

「栞くん。火を点けるの苦手？」

「うん。怖い。渚くんは怖くないの？」

「面白いよ。火遊び」

学校で習うこととは正反対の言葉に、衝撃を受ける。

「本当？　でも先生たちが火遊びは駄目だって言っているよ」

「危ないからね。でも、ちゃんと水を用意してやれば怖くないよ」

「でも、火遊びって何するの？」

「花火とか」

思いもよらなかった言葉に栞が眼を丸くする。

「子どもだけでするの？」

「するよ。友だちと庭でやったりする」

一瞬、屋敷の庭で沢山の友人たちと花火をしているところを想像して、――すぐに考えるのをやめた。

「……いいな。いつかぼくもしてみたいな」

「うん。しようよ。夏になったら集まってさ」

いいね、と栞は笑いながら、それがどれほど自分にとって難しいことか考えていた。

妖魔を引き寄せてしまう体質が変わった訳ではない。学校や外ならともかく、この屋敷は霊道の上に建っている。安易に人を呼ぶのは危険でしかない。

いつまでも守られていてはダメだ、と栞は拳を握り締めた。

渚は慣れた様子で線香を二本手に取ると、ローソクを使って火を点けて香炉の灰に立てる。りんを鳴らして、合掌してから目を閉じた。

同い年の男の子で、同じことができるクラスメイトが何人いるだろう。

「ありがとう。勝手な言い方だけど、少しだけ気が楽になった気がする」

「ううん。こっちこそありがとう。渚くん、どうしてそんなに手慣れているの？」

「うちにもお婆ちゃんたちの仏壇があるんだ。幼稚園の頃から毎朝やってきたから、いつのまにか慣れたんだと思う」

渚はそれから縁側の方へと視線を投げた。

「窮奇さんに謝りたいんだけど、寝ているのを起こすのは悪いよね」

確かに昼寝の邪魔をされて喜ぶようなタイプではない。下手をすれば、文字通りに虎の尾を踏むようなことになりかねない。

「気にしなくていいよ。二人とも謝って貰おうなんて思ってないから」

「でも」

「本当だよ。坂の下まで送るから一緒に行こう」

渚の手を取って廊下に出て玄関へ向かう。縁側では相変わらず窮奇が寝ており、すぐ傍には窮奇の食べ滓を狙って雀たちが降りてきていた。

玄関で靴を履いて庭へ出ると、春の陽差しが暖かい。ようやく上がった長雨の分を取り戻すように、庭の草はぐんぐんと伸び放題だ。

「こんなに大きな庭、初めて見た。家も大きいし、すごく眺めもいいよね」

羨ましい、と心底そう思っているように言うので、栞は首を傾げた。

「でも、ムカデは出るし、草むしりばっかりしなくちゃいけないよ。毎日、きつい坂道を上り下りしなきゃいけないから、あんまりよくない」

「そっか。僕の家はマンションだからエレベーターだもんね」

「いいなあ。エレベーター」

「でも、やっぱりお城が見えるのがいいよね」

それには栞も同感だった。お城が見えるのと見えないのとでは大違いだ。

敷地を出てから坂道を半分ほどやってきた辺りで、渚がたっと駆け出した。坂の下まで一息に走ってから、くるり、と振り返る。

「じゃあ、また学校で！」

「うん。またね」

颯爽と駆けていった渚の背中が見えなくなった後も、栞は坂道にしばらく立ち尽くしていた。

坂道を戻っていくと、いつの間にか庭に出ていた窮奇と目が合う。

「勝手に出ていく奴があるか」

裸足のまま縁側から下りてきた窮奇はぐい、と身体を大きく伸ばした。あれだけの傷を負っていたのに腕には傷跡一つ残っていない。

「気持ちよさそうに寝ていたから、起こしたら悪いかなって」

「あの小僧は帰ったのか」

平然と言われて思わず栞は目を白黒させた。鼾をかいていたのですっかり眠っていると思い込んでいた。

「起きてたの？」

「匂いで分かる。無支祁に身体を取られていた小僧だろう」

「うん。窮奇や白銀に謝りに来たみたい」

「ご苦労なことだ。あれにはなんの責任もなかろうに」

ぐわっ、と大きな口を開けて欠伸をする。あの事件以降、窮奇は気がつけば眠っている。怪我をした動物は眠って身体の傷を癒やすと本で読んだことがあるのを栞は思い出していた。

「銀の奴はまだ帰らんのか」

「すごい大怪我だったからね」

全身で百針以上も縫った、と聞いた時には卒倒しそうになった。抜糸をするのに時間がかかっているのも納得だ。

「いい加減、待つのも飽きたな。栞、出かけるぞ」

見舞いに行く、と窮奇が縁側へと戻っていく。

危うく聞き逃すところだった。今までずっと小僧と呼ばれていたのが、いつの間にか名前で呼ばれるようになったらしい。栞はなんだかむず痒いような心地がした。

支度を済ませてから二人へ屋敷を出て坂道を下っていくと、不意に背後に懐かしい視線を感じて振り返る。

ほんの一瞬、幻のように坂の途中に立つ祖父の姿が視えたような気がした。

「栞」

窮奇に声をかけられて振り返り、傍らへと駆け寄っていく。

春の空に浮かぶ柔らかな雲が、城の天守の向こうへとゆっくりと流れていくようだった。

了

嗣人（tuguhito）
熊本県荒尾市出身、福岡県在住。
温泉県にある大学の文学部史学科を卒業。
在学中は民俗学研究室に所属。
2010年よりWeb上で夜行堂奇譚を執筆中。
妻と娘2人と暮らす。
著作に『夜行堂奇譚』シリーズ『天神さまの花いちもんめ』『四ツ山鬼談』がある。

@yakoudoukitann
https://note.com/tuguhito/

穂《ほ》束《づか》栞《しおり》は夜《よる》を視《み》る

2025年4月15日　第一刷発行

著者	嗣人
カバーイラスト	syo5
ブックデザイン	bookwall
編集	福永恵子（産業編集センター）
発行	株式会社産業編集センター 〒112-0011 東京都文京区千石4-39-17
印刷・製本	株式会社シナノパブリッシングプレス

ISBN978-4-86311-440-1　C0093